LES VOYAGES

DE

MON ONCLE VINCENT

4360

Paris.—Imprimé chez Bonaventure et Ducessois, 55, quai des Augustins.

Ils abandonnent la maison paternelle.

Imp. Godard à Paris.

Ils sont poursuivis par les Douaniers.

LES VOYAGES

DE

MON ONCLE VINCENT

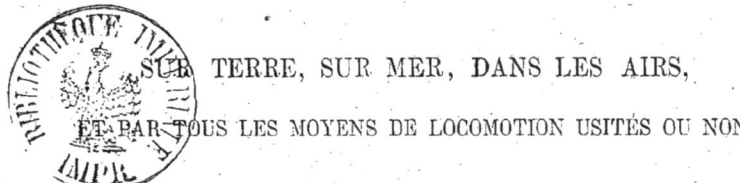

SUR TERRE, SUR MER, DANS LES AIRS,

ET PAR TOUS LES MOYENS DE LOCOMOTION USITÉS OU NON

PAR

CHARLES DE RIBELLE

PARIS

AMABLE RIGAUD, LIBRAIRE-ÉDITEUR,

RUE SAINTE-ANNE, 50.

1861

PRÉFACE

L E livre que nous publions s'adresse tout aussi bien aux enfants sages, qu'à ceux qui ne le sont pas : aux uns, il montre combien ils ont raison de persister à suivre la bonne voie dans laquelle ils se trouvent; aux autres, il indique toutes les misères et toutes les infortunes qui atteignent inévitablement ceux qui se laissent entraîner par leurs mauvais penchants.

Mon oncle Vincent n'est point un être idéal, il vivait encore il n'y a pas longtemps, et si ses récits semblent quelquefois un peu exagérés, ou si les événements s'y pressent avec une rapidité un peu grande peut-être, c'est que le brave homme était déjà un peu vieux, lorsqu'il se décida à les publier, et si sa mémoire paraît quelquefois en défaut, c'est que ses idées ont été forcées de traverser le prisme grossissant des événements déjà éloignés de nous; et puis, il avait son système, il prétendait qu'il est bon toujours de présenter à la jeunesse la surface de beaucoup de choses, afin que les jeunes intelligences, toujours mobiles et à la recherche de faits nouveaux, puissent trouver dans la variété des tableaux qu'on leur présente un aliment capable de fixer ou du moins de frapper leur imagination, et des motifs de les exciter à des recherches plus sérieuses.

C'est en levant un petit coin du rideau qui cache les innombrables mystères de la création et de la vie humaine, disait l'oncle Vincent, que l'on donne l'envie d'en connaître davantage.

Nous n'avons pas voulu nous mettre en opposition avec les idées du brave homme, en combattant ses opinions, d'autant plus qu'elles sont un peu les nôtres, et si dans ses voyages, mon oncle Vincent passe un peu partout sans s'arrêter nulle part, du moins, il donne envie de savoir quelque chose de plus qu'il n'en dit, des pays où il est passé, et puis les terribles misères qu'il a éprouvées lui-même, en compagnie de son ami Mathurin, à la suite de leur ingratitude et de leur folle équipée, montrent bien mieux que tous les discours ce que les enfants désobéissants ont à craindre. Si l'on rit quelquefois des positions étranges ou grotesques dans lesquelles il s'est trouvé avec son ami, on frisonne souvent aussi au récit des périls et des maux qui les ont sans cesse poursuivis.

Prenez donc, mes chers enfants, les *Voyages de mon oncle Vincent* pour ce qu'ils valent ; s'ils vous amusent tant mieux, mais surtout pénétrez-vous bien de l'idée qui les lui a fait publier, et dites-vous avec lui que l'on ne gagne jamais rien à ne point écouter les conseils de ses parents ; que le temps perdu se rattrape difficilement ; que si l'on n'a pas voulu étudier étant jeune, on risque beaucoup d'être forcé plus tard d'aller s'asseoir sur les bancs de l'école d'un père Frigoleau quelconque, et même d'être mis en pénitence au milieu de la classe avec le bonnet d'âne sur la tête, *ou d'être montré toute sa vie au doigt comme un ignorant.*

I

Mon oncle Vincent et son ami Mathurin abandonnent la maison paternelle.—Ils sont poursuivis par les chiens du village.—Ils font dix lieues à califourchon sur un bâton.

ON oncle Vincent pouvait bien avoir de quarante-cinq à cinquante ans.

Lorsque je n'étais encore qu'un enfant d'une dizaine d'années, il était grand, fort et avait un air résolu qui allait à sa tournure, malgré qu'il cachât avec la plus grande attention un côté de sa tête, sous une partie de ses cheveux, et qu'il eût quelque chose de singulier dans la démarche, et surtout un côté du bas des reins ostensiblement plus fort que l'autre. Bien des gens auraient pu prendre son air franc et ses manières hardies pour de la rudesse ou de la dureté. Pourtant c'était le meilleur homme du monde, secourable, rempli d'attentions pour ceux qu'il affectionnait, rien ne lui coûtait pour leur rendre service ; aussi s'était-il fait de véritables amis. Pour moi, fils de l'une de ses sœurs, espiègle remuant, et porté plutôt à courir après les papillons ou les alouettes qu'à aller à l'école, j'étais l'un de ses préférés, son Benjamin, comme disait ma mère; je rendais certainement à mon oncle Vincent toute l'affection qu'il me portait : pourtant, je dois dire que plus d'une fois je lui fis des niches assez vilaines, et il faut avouer que c'était fort mal de ma part, puisque le brave homme s'était fait une loi de toujours me pardonner.

Ainsi, à onze ou douze ans, j'étais souvent forcé de lui servir de secrétaire, mon oncle Vincent ne sachant pas parfaitement, disait-il, ce qu'il nommait l'*osthographe*. Dieu sait toutes les sottises que je barbouillais sur le papier sous la signature de mon cher oncle, qui ne s'en apercevait pas et qui me disait souvent :

— Vois-tu, mon garçon, c'est ma faute si je ne suis pas aussi savant que toi sur le chapitre de ma *grand'mère*, mais c'est que j'ai été têtu, désobéissant et paresseux dans mon jeune temps. Enfin, que veux-tu, mon ami, je suis puni par où j'ai péché, je n'ai jamais voulu étudier, eh bien! je suis obligé maintenant de m'humilier devant toi, lorsque je veux communiquer par écrit avec quelqu'un. Tâche, Gaston, de continuer à bien t'instruire dans toutes les sciences, afin de n'avoir jamais à rougir devant personne de ton ignorance.

— Mais, mon oncle, lui disais-je alors, vous n'êtes déjà pas si ignorant, puisque vous savez toutes sortes d'histoires qui m'amusent beaucoup lorsque vous voulez bien me les raconter. Cela n'est pas déjà si facile de faire des histoires.

—Ah! dame, répondait mon oncle, c'est que, vois-tu, petit, la pratique a un peu suppléé aux sciences que j'ai négligées ; et puis, j'ai vu tant de choses, tant voyagé, tant subi de déceptions, de vexations, de contrariétés, que je me suis fait une espèce d'éducation de la langue par la mémoire. Mais voilà tout.

—Enfin, mon cher oncle, vous savez beaucoup de choses que je voudrais bien savoir.

—C'est possible, mon petit, mais si j'ai un conseil à te donner, c'est d'apprendre toutes ces choses-là dans les livres qui les enseignent sans trop de fatigue ; tandis que moi, pas une petite anecdote, pas une petite note de mes souvenirs qui ne m'ait coûté ou des larmes ou pis encore. Aussi, est-ce avec un véritable sentiment d'humanité que je prêche à tous les enfants d'acquérir de l'expérience aux dépens de celle des autres, afin de n'avoir point à subir les misères de toutes sortes qui ont abreuvé ceux qui ont été forcés d'apprendre, par leur propre fatigue, tout ce qui est nécessaire à l'existence.

—Je suis bien petit, disais-je à mon oncle Vincent, pourtant je te comprends, et je ferai en sorte de profiter des bonnes leçons que tu veux bien me donner, et je m'appliquerai à étudier ce qui peut m'être utile.

—Et tu feras bien mon garçon, car vois-tu, je suis un exemple vivant de ce que je cherche à te faire entrer dans la tête.

—Pourtant, mon bon petit oncle, il me semble que je profiterais bien mieux encore de tes bons avis, si tu voulais me raconter tes aventures.

—Ah! ah! mon petit, disait l'oncle Vincent en riant dans sa barbe, je vois où tu veux en venir, eh bien! puisque je me suis laissé prendre dans le traquenard de ta malice, je m'exécuterai sans me faire tirer l'oreille; seulement, tâche de prendre bonne note des misères que m'ont causé mes mauvais défauts, afin que cela te serve au besoin.

—Oh! mon cher oncle.

—Oui, oui, c'est bon! tu te crois un aigle et un petit saint, parce que tu as mordu dans l'*osthographe*, mais patience, patience, nous verrons si tu continueras à étudier comme j'aurais dû le faire.

—Ah! mon cher oncle, je t'assure que.....

—Bien, bien! nous verrons, nous verrons; en attendant, je vais te commencer mon récit malgré que la soirée soit avancée et nous continuerons en temps et lieu. Je commence.

—Imagine-toi, mon ami Gaston, qu'à ton âge j'étais comme toi enclin à courir les prés pour y poursuivre les papillons ou à passer mon temps dans les bois, pour y cueillir des fraises ou y dénicher des petits oiseaux.

—Mais moi, cher oncle, je travaille à mes heures.

—Ah ! c'est là où nous ne nous ressemblons plus, non, plus du tout. Hélas ! je m'en repens bien à présent, mais il est trop tard. J'aimais à courir, gambader, grimper aux arbres, cueillir les cerises, mais point du tout à aller à l'école. Par malheur pour moi, dans mes courses vagabondes, pendant que je faisais l'école buissonnière, je fis la connaissance d'un jeune drôle tout aussi désireux d'apprendre que moi, qui, loin de me donner de bons conseils, me disait sans cesse que la lecture et l'écriture étaient des sciences faites pour les notaires ou les maîtres d'école.

Mathurin Brin-d'Avoine, tel était le nom de mon camarade de rencontre, n'avait pas besoin de faire de grands efforts pour me convertir à sa manière de voir, j'étais tout converti déjà. Aussi, à dater du jour de notre rencontre, fûmes-nous toujours les meilleurs amis du monde. Pourtant plus tard il survint un petit nuage au sujet de l'une de mes oreilles qu'il mangea sans difficulté. Enfin nous reparlerons de cela en son temps. Mais dire les innombrables parties de campagnes, les courses champêtres que nous fîmes ensemble, cela serait trop long. Cependant une pareille existence ne pouvait durer, car nous aurions détruit la race des pierrots, des merles et des chardonnerets de la contrée, et puis malgré la trop grande complaisance de mes parents, il fallait bien qu'ils s'aperçussent, un jour ou l'autre, à l'usure de mes habits et au peu de progrès que je faisais, qu'il y avait quelque chose de louche dans ma conduite.

Il y avait un certain temps déjà que je vivais dans l'oisiveté d'une vie de vagabond, lorsque le maître d'école, alarmé par mes absences continuelles et prolongées, s'en alla tout simplement demander à mes parents, pourquoi je n'étais pas plus assidu à ses leçons. A la nouvelle de mon peu d'assiduité à suivre la classe de ce bon M. Frigoleau, c'était le nom du maître d'école, mon père entra dans une grande colère et se promit de me surveiller à l'avenir. Puis, dès que je rentrai le soir, il me fit paraître en sa présence et me donna une correction très-sentie, qui ne laissa pas de m'impressionner un peu. Le lendemain, je fus conduit à l'école par mon père lui-même, qui recommanda à M. Frigoleau de me punir sévèrement, si je manquais de nouveau à ses leçons sans un motif valable.

Oh! là là! comme la journée me sembla longue le nez sur mes livres. Comme je vis arriver la fin de la classe avec bonheur. Enfin me disais-je, en reprenant mon panier aux provisions; enfin, je vais revoir mon ami Mathurin! en voilà un qui est bien plus heureux que moi! Mais nous verrons, nous verrons, l'on ne me conduira pas tous les jours à l'école, alors gare! En attendant, je vais aller retrouver Brin-d'Avoine, et je lui dirai pourquoi j'ai manqué notre rendez-vous.

J'avais compté sans ma mère, qui m'attendait à la sortie de la classe, et qui me ramena près de mon père sans que j'eusse pu voir un instant mon ami.

Pendant plusieurs jours, mon père me conduisit ainsi à l'école et ma mère vint m'y reprendre. J'étais désespéré. Je maigrissais d'une envie de battre la campagne et je n'étudiais pas beaucoup, mon imagination étant entièrement absorbée par l'idée de mes anciennes joies perdues.

Pourtant un jeudi, jour bien heureux pour tous les écoliers, je pus me donner le plaisir d'une course à travers champs et je n'y manquai pas. Ce fut surtout vers mon ami Brin-d'Avoine, que je me dirigeai.

Je croyais le rencontrer de suite comme autrefois, mais j'eus beau parcourir les endroits où je le trouvais ordinairement, j'eus beau faire les signaux habituels, rien. Mathurin était introuvable. Je finis cependant par avoir de ses nouvelles par un vieux berger qui me connaissait, et qui m'apprit que le père de Mathurin, fort en colère de sa paresse, le battait du matin au soir pour le forcer à travailler.

Après bien des recherches, je rencontrai enfin Brin-d'Avoine, mais hélas ! qu'il était changé. Assis au pied d'un vieux hêtre, Mathurin rongeait une carotte toute crue. Dès que le pauvre garçon m'aperçut, il se leva et accourut vers moi.

—Eh ! Vincent d'où viens-tu donc? dit-il, d'un air à moitié chagrin, à moitié content. Voici plus d'un grand mois que je ne t'ai vu, et depuis ce temps-là il s'est passé bien des événements. J'ai manqué perdre ma pauvre mère, et mon père étant en voyage, je n'avais

presque pas plus de parents que le chien de la ferme,
pas plus d'amis que l'âne du moulin ; et encore le
chien, tant qu'il fait bonne garde on le nourrit, l'âne
tant qu'il porte la mouture, on lui laisse grignoter
les chardons de la route, mais moi, rien du tout ; un
mauvais homme m'a pris chez lui pour me faire travailler à passer des sabots à la fumée du matin au soir,
et pour toute nourriture, il me donne des coups de bâton,
et c'est au risque de recevoir une nouvelle volée que
j'attrape ce que je peux pour vivre. Hélas ! je suis bien
malheureux !

—Et moi aussi, dis-je, il y en a du nouveau dans
ma vie. Plus de promenades au milieu des buissons,
plus rien que la vue de la grande figure jaune du père
Frigoleau, ou la perspective de mon livre ou de son
martinet.

—Dame ! fit Brin-d'Avoine, c'est ennuyeux, ça c'est
vrai, c'est toujours très-triste. Je n'ai jamais pu m'habituer à l'école. Mais au milieu de tout cela, es-tu
nourri.

—Nourri, nourri, belle affaire, dis-je ; les pinsons et
les merles que nous dénichions si bien ne sont-ils pas
nourris, et pourtant ils ne sont pas forcés d'aller à
l'école et toujours menacés du martinet d'un père
Frigoleau quelconque.

—C'est pourtant vrai, ce que tu dis-là, dit Brin-
d'Avoine en se grattant la tête avec ses deux mains.
Oui, les oiseaux, les blaireaux, les lapins, les chouettes

ne vont pas à l'école, et pourtant toutes ces bêtes-là vivent assez bien, et il y en a même qui sont grasses à lard.

—Et oui donc, dis-je à mon tour ; ma foi, je voudrais être pinson, grive ou émouchet.

—Tu as peut-être encore raison Vincent, mais pour ça faire il faudrait qu'il nous poussât des ailes, et en attendant il faut rester ce que nous sommes.

—Comment faire ? dis-je, car je ne peux plus envisager la figure du père Frigoleau ; j'aime mieux n'importe quoi.

—Oui, comment faire, comment faire ? dit Brind'Avoine : puis après une pause, il ajouta : Tiens, Vincent, j'ai une idée.

—Dis vite alors.

—Eh bien ! comme il est probable que nous ne tournerons jamais en oiseaux et que nous n'aurons jamais d'ailes, nous n'avons donc pas l'espoir de vivre comme ces bêtes. Pourtant cela n'empêche pas d'essayer.

—Oui, mais pour ça faire, comment nous y prendre.

—Faut toujours essayer, dit Mathurin. Je crois que ça ne dépend que de nous ; seulement, je pense qu'il faudrait gagner les pays où il n'y a ni hiver ni mauvais temps. Ces pays-là doivent exister, le père Brindart me l'a dit et il est savant lui le père Brindart, son oncle était bedeau de la paroisse.

—Alors quoi faire ?

—Je ne vois qu'une chose, dit Mathurin se grattant

toujours la tête, il faut regarder de quel côté le soleil
est à midi, et nous en aller tout simplement de ce
côté-là.

—Tu as raison Mathurin, dis-je, émerveillé de la
bonne idée qu'il avait eue, et quand nous serons
arrivés dans un pays où le beau temps dure toujours,
personne ne nous empêchera plus de nous amuser dans
les bois.

—Allons, dit Mathurin, est-ce arrêté?

—Oui, dis-je, ça vaudra toujours mieux que d'aller
à l'école.

—Ça, c'est vrai, et moi je n'ai rien à y perdre que
des coups de bâton, et c'est une denrée qu'il est toujours facile de se faire administrer, je crois, je sors d'en
prendre.

—J'ai une idée aussi moi, dis-je à mon tour, je
pense qu'il ne faut pas nous mettre tout à fait en route
sans quelques provisions, il n'en manque pas chez
nous; alors viens demain au petit jour, tu m'attendras
derrière la haie du jardin, et tu verras, nous aurons
des vivres pour un bout de temps.

—C'est convenu.

—A demain alors.

—A demain.

—Je retournai à la maison et je me couchai comme
un mauvais cœur, sans penser au chagrin que je pourrais causer à mes parents.

Le lendemain, dès l'aurore, Brin-d'Avoine était à

l'endroit que je lui avais indiqué. Je fus bientôt sur pied. Je lui ouvris une petite porte et je le fis entrer dans la basse-cour.

Arrivés là, je lui dis :

—Eh bien ! que faut-il prendre ? du pain, du fromage, des œufs.

—Oh ! oui dit Mathurin, des œufs surtout et du beurre, ça n'est pas lourd, et c'est facile à faire cuire dans un coin avec un peu de bois sec.

Aussitôt, je pris un pain entier que je mis au bout d'un gros bâton, pour qu'il fût plus facile à emporter. Puis je recueillis tous les œufs du poulailler, il y en avait beaucoup, mais où les enfermer, nous en mîmes le plus possible dans nos poches, puis dans un grand seau de fer-blanc qui se trouvait là. Il restait à emporter un gros morceau de beurre, le difficile était de savoir où le mettre, enfin Brin-d'Avoine me dit qu'il s'en chargeait ; et en même temps il le fourra dans sa casquette qu'il reposa sur sa tête, de cette manière le beurre ne nous gênerait plus. Après ces préparatifs ; nous nous mîmes en route sans plus de réflexions. En vérité c'était fort mal ; car abandonner la maison paternelle dans de pareilles circonstances, c'était plus qu'une mauvaise action, c'était un crime. Nos chers parents ne nous donnent-ils pas depuis l'heure de notre naissance assez de preuves de leur tendresse, pour que nous ne soyons ni ingrats, ni indifférents à leur égard ; et Dieu punit sans miséricorde toutes les fautes, et surtout et avant tout les mauvais enfants. Hélas ! il devait bien nous en coûter et le châtiment ne devait pas se faire attendre.

Nous traversions la longue rue du village encore déserte à une heure aussi matinale ; les poches gonflées de nos œufs, moi chargé de mon pain et Mathurin embarrassé de son seau de fer-blanc rempli d'œufs. Lorsque tout à coup les mâtins du lieu, éveillés par le bruit que nous faisions, s'élancèrent de toutes parts contre nous. Nous accélérâmes le pas autant que cela se pouvait; peine inutile! tous les chiens du village semblaient comprendre la mauvaise action dont nous nous rendions coupables et ils nous poursuivaient de leurs cris et de leurs hurlements désordonnés. Bientôt même il n'y eut plus moyen d'y tenir. Tous ensemble se mirent à notre poursuite, menaçant de nous dévorer. Alors nous nous mîmes à courir de toutes nos forces, mais hélas ! arrivés au milieu des champs qui entourent le village, dans notre précipitation, nous ne vîmes pas un ravin profond qui nous barrait le chemin, et nous roulâmes dans le fond du trou toujours poursuivis par les chiens, qui se jetèrent alors sur nous sans miséricorde et nous mordirent à belle dents, d'autant plus que nos œufs s'étaient écrasés et que le beurre, dont s'était chargé Brin-d'Avoine, était en partie fondu sur sa tête et lui coulait sur la figure. Pendant un instant, nous crûmes que c'en était fait de nous, les chiens nous tournaient et nous retournaient, tirant, criant, léchant, hurlant. Pourtant ils finirent par nous abandonner après s'être contentés de manger nos œufs et notre beurre, sans nous avoir fait grand mal.

—Ouf ! dit tout à coup Brin-d'Avoine en se relevant, Vincent, es-tu mort?

—Non ! dis-je d'un air dolent, mais hélas ! je crois que je n'en vaux guère mieux. Il me semble que tout tourne autour de moi, et je sens encore l'haleine chaude des chiens sur ma figure. Oh ! Brin-d'Avoine, quel malheur !

—Ah ! ça, c'est vrai, dit Brin-d'Avoine, oui, vrai de vrai; j'ai cru que je ne sortirais pas vivant de la gueule des chiens ; et dire que tous nos bons œufs sont perdus, en voilà une misère, et le bon beurre frais qui me coulait dans la bouche, dire qu'il ne m'en ont pas seulement laissé une petite part. Oh ! les vilaines bêtes. Pourtant, voyons Vincent, t'ont-ils beaucoup mordu ?

Après m'être tâté de tous côtés, je répondis à Mathurin que je n'avais que quelques morsures insignifiantes.

—Tiens ! c'est comme moi, dit Brin-d'Avoine, je me croyais dévoré à moitié, point, les gourmands ne s'en sont pris qu'à nos provisions. Oh ! les coquins.

—Ma foi, j'aime mieux ça, dis-je à Mathurin.

—Pas moins vrai qu'ils auraient dû nous en laisser un peu, dit Brin-d'Avoine avec un gros soupir. Ah ! nous sommes sauvés, ajouta-t-il tout à coup, car il n'ont pas mangé le pain.

— Tiens ! c'est comme moi, lorsque j'étais à la

maison, dis-je, je mangeais les confitures et je laissais le pain.

— Eh bien! Vincent, il nous faudra manger notre pain tout seul, mais c'est égal, quand nous serons arrivés dans le pays où poussent les oranges, les melons, etc., etc., nous nous régalerons.

— Nous continuerons donc notre voyage, dis-je d'un air piteux, après m'être relevé.

— Ma foi! dit Brin-d'Avoine, en se grattant la tête, si le cœur ne t'en dit plus, j'en serai quitte pour une volée de coups de bâton.

— Et moi, dis-je, il faudrait retourner chez le père Frigoleau, sans compter que mon père doit joliment être en colère. Non, il faut continuer.

— Allons-y gaiement, dit Brin-d'Avoine, j'ai toujours rêvé que je voyageais, et puis, j'ai toujours aimé à chevaucher sur un bâton, c'est ça qui est amusant! Si tu veux, Vincent, j'ai ma serpette, nous allons couper chacun une bonne branche, et puis nous allons prendre le grand galop du côté de la Suisse qui n'est guère qu'à une dizaine de lieues d'ici.

—Je le veux bien, dis-je.

—Aussitôt Brin-d'Avoine se mit à l'œuvre, il nous coupa deux superbes bâtons. Nous les enfourchâmes et nous nous mîmes en route, comme si cette locomotion était la meilleure pour ne pas se fatiguer.

II

Ils sont poursuivis par des hommes armés. Ils couchent à la belle étoile, au milieu d'une forêt, non loin d'un ours. — Ils sont arrêtés par les autorités suisses. — Condamnés à tourner une roue.

ON cher enfant, me dit mon oncle Vincent qui prit une prise de tabac, il serait trop long de te raconter les mille petites infortunes que nous eûmes à subir durant les premiers temps de notre voyage, car tu penses bien que nos chevaux de bois n'étaient guère faits pour nous conduire bien loin sans fatigue. Pourtant nous arrivâmes sur les frontières de la Suisse vers le soir, nous avions fait une dizaine de lieues dans notre journée, nous arrêtant de temps en temps pour manger notre pain ou pour nous désaltérer à quelque ruisseau.

La journée était superbe et nous allions un train de poste, comme disait Mathurin. Arrivés sur les frontières, nous faillîmes être victimes d'une erreur de la part des douaniers. Nous nous étions reposés un instant et nous venions de prendre un galop assez rapide, lorsque tout à coup nous entendîmes des cris.

—Arrêtez! arrêtez donc, criaient plusieurs hommes qui venaient après nous à travers champs. Attendez-nous.

—Convaincus que nous étions poursuivis, bien loin de nous arrêter nous accélérâmes notre course, nous dirigeant vers de grands bois qui étaient devant nous.

—Arrêtez! arrêtez, criaient toujours les mêmes hommes

Oui, mais bast! c'était peine perdue, nous filions comme des cerfs. Tout à coup nous entendîmes, pan, pan, pan, c'était une décharge de plusieurs coups de fusils.

—Holà! là! me dit Mathurin, il me semble qu'il vient de m'entrer quelque chose quelque part; holà! là!

—Et moi! dis-je, il me semble que quelque chose m'a sifflé aux oreilles. Est-ce que c'est pour de bon.

—Ce sont sans doute des brigands qui veulent nous prendre notre restant de pain et notre seau de fer-blanc, dit Brin-d'Avoine, qui s'était attaché le seau derrière le dos, courons toujours.

—Oui! dis-je, d'autant mieux que nous voilà dans la forêt, mais tu es blessé.

—Oh! presque rien, dit Mathurin, un simple grain

de sel dans quelque part du bas des reins. Pourtant ça me cuit joliment.

Fort heureusement, nous étions arrivés dans un fourré épais et la nuit étant venue, nous pûmes nous reposer; mais il fallut coucher à la belle étoile; malgré qu'il fît chaud, cette nuit me parut l'une des plus longues de mon existence.

Le matin, dès la naissance du jour, nous fûmes réveillés par des ronflements horribles, qui semblaient partir du creux d'un arbre peu éloigné du fourré ou nous étions

Brin-d'Avoine se leva tout doucement et fut regarder vers le creux de l'arbre d'où sortaient les ronflements, mais il revint aussitôt pâle, défait, avec les signes de la plus vive frayeur.

—Vincent, me dit-il avec un tremblement nerveux dans la mâchoire, nous sommes perdus.

—Perdus! dis-je à mon tour, frappé comme d'un coup de massue.

—Oui, me dit-il tout bas, en mettant un doigt sur ses lèvres, oui, un ours, ajouta-t-il en étendant le bras vers l'arbre.

—Un ours! dis-je en écarquillant les yeux, un ours, ah! mon Dieu.

—Viens, dit Brin-d'Avoine en marchant sur la pointe des pieds. Viens, si nous pouvons nous éloigner sans le réveiller, nous en échapperons d'une belle.

Je suivis machinalement Mathurin, et nous nous

éloignâmes plus morts que vifs du terrible voisin qui nous avait fait si grand'peur.

Quand nous fûmes à une certaine distance, Mathurin reprit un peu de sang-froid et s'écria :

—Allons! nous échapperons à Martin, mais en course; car il pourrait se réveiller et nous suivre.

Alors, nous nous mîmes à courir à travers les arbres, les ronces et les épines, comme si véritablement l'ours avait été sur nos talons.

Cette course furieuse ne pouvait durer, des rochers, des ravins, des mares d'eau nous barraient le passage à chaque instant et nous risquions de nous rompre les os. Nous arrivâmes enfin sur la limite de la forêt, là une nouvelle frayeur nous attendait. A peine posions-nous le pied hors du bois, que deux hommes nous sautèrent dessus, en nous criant de toutes leurs forces dans une langue inconnue des mots barbares que nous ne comprîmes pas.

—Ouf! dit Mathurin, nous sommes perdus, mon pauvre Vincent, nous voilà tombés entre les mains des brigands de la forêt.

On nous attacha les mains avec de bonnes cordes, et l'on nous conduisit chez un magistrat qui nous fit toutes sortes de questions auxquelles nous ne répondîmes rien, par la bonne raison que nous ne comprenions pas un mot de la langue dont on se servait pour nous interroger.

Le magistrat, voyant que nous ne disions rien, fit un signe et l'on nous emmena.

Nous fîmes cinq ou six lieues sous la conduite de nos gardiens, qui avaient eu le soin de nous attacher à la queue de leurs chevaux, et nous arrivâmes dans une petite ville où l'on nous mit en prison sans autre forme de procès.

Là, un nouveau personnage vint nous interroger. Hélas! cette fois comme la précédente nous restâmes en sa présence bouche béante, les yeux écarquillés sans souffler un mot.

Le magistrat peu patient finit par prononcer un horrible mot que nous ne comprîmes pas davantage, mais qui voulait dire bien sûr quelque chose de terrible. Puis il appela une espèce de geôlier, lui dit quelques phrases et s'en alla. Aussitôt après son départ nous fûmes conduits dans une espèce de fabrique, où l'on nous fit signe d'avoir à tourner une roue que l'on nous indiqua. Brin-d'Avoine voulut alors faire quelques objections, mais un certain particulier, que nous n'avions pas encore vu, s'avança avec un fouet qu'il fit claquer et commença par nous distribuer une bonne volée, puis nous fit signe de nous mettre à la besogne.

—Ma foi, dis-je à Mathurin, j'aime encore mieux tourner la roue, que d'être assommé.

—Dame! fit Brin-d'Avoine, s'il n'y a pas à choisir, je ferai comme toi; mais, vrai de vrai, c'est encore plus incommode que les soupes à coups de bâton que l'on me trempait de temps en temps chez le sabotier.

—Hélas! hélas! le martinet du père Frigoleau était

doux comme du duvet, en comparaison des coups de lanières de ce brutal.

—Vrai de vrai, dit Mathurin, faut faire son possible pour digérer ça de son mieux et décamper à la première occasion.

Notre martyr dura environ un grand mois. Ceux qui nous avaient vus près de nos parents ne nous auraient jamais reconnus dans le triste état où nous nous trouvions, c'était à faire pitié. Obligés de tourner une roue du matin au soir pour fabriquer des mouvements de montre et nourris à coups de fouet, véritablement il n'y avait pas de quoi engraisser.

—Vrai de vrai, disait Brin-d'Avoine, si j'étais millionnaire, mon pauvre Vincent, je me sauverais tout de suite de ce pays-ci.

Ils tombent de 800 pieds de haut.

A.Coppin lith.

Imp.Godard,Paris.

Ils sont battus par les Lazzaroni .

III

Ils se sauvent dans la montagne.—Surpris par une avalanche, ils tombent de huit cents pieds de haut.—Ils sont recueillis par des officiers suisses qui les font voyager sur un bât d'âne et les emmènent à Milan et à Naples, mais ils sont obligés de faire le service d'une cantinière.—Naples.—Ils sont battus par les lazzaroni.—Ils vont déjeuner à bord d'un navire avec un capitaine qui les emmène en Espagne sans leur permission.

C'ÉTAIT une grande fête, l'on célébrait l'anniversaire de la délivrance de la Suisse et la fuite du terrible Gessler, qui avait voulu faire adorer son chapeau comme une relique ; et qui avait condamné Guillaume Tell à tirer sur une pomme posée sur la tête de son fils, au risque de le tuer, parce que Guillaume Tell n'avait pas obtempéré à l'ordre du seigneur Gessler ; tout le monde connaît cela.

Ce jour-là, on se relâcha un peu de la sévérité que l'on observait à notre égard. Aussi profitâmes-nous de l'occasion pour nous écarter un peu dans les environs. Arrivés dans les montagnes nous continuâmes à marcher sans trop regarder derrière nous, la nuit nous surprit au milieu des rochers et des précipices, l'estomac peu rempli. Pourtant nous nous blottîmes dans une espèce de trou et nous y passâmes la nuit ; ça n'était pas gai, mais la perspective du terrible fouet du surveillant de la fabrique nous apparaissait encore moins gaie.

—Vrai de vrai, Vincent, disait Brin-d'Avoine, je voudrais encore être à faire des sabots.

—Et moi, à l'école du père Frigoleau.

La nuit se passa pourtant sans accident, sauf la frayeur que nous éprouvâmes en entendant hurler les loups ; dès l'aurore nous nous levâmes pour nous mettre en route, mais hélas ! nous nous étions perdus dans la montagne ; la neige était tombée pendant la nuit et nous ne savions plus quel chemin prendre.

—Ma foi, dis-je à Mathurin, nous sommes bien punis et nous le méritons ; et si tu me crois, nous adresserons une prière à Dieu qui nous prendra sans doute en pitié.

—Oui, Vincent, tu as raison, prions Dieu ; et puis après nous irons tout droit devant nous.

—Nous nous agenouillâmes sur la neige, et nous nous mîmes à faire notre prière. Aussitôt que nous eûmes terminé, nous nous levâmes et nous nous mîmes à marcher sans savoir où nous allions. Il y avait déjà plusieurs heures que nous grimpions sur les rochers, lorsque tout à coup nous sentîmes la terre osciller sous nos pieds, je

saisis la main de Brin-d'Avoine et nous nous laissâmes
tomber. Aussitôt, il se fit un grand bruit et nous nous
sentîmes entraînés avec une violence inouïe. C'était la
neige sur laquelle nous étions qui glissait au bas de la
montagne et une avalanche qui nous servait de loco-
motive.

Dire le temps que dura notre voyage me serait impossible, car nous perdîmes bientôt la respiration ; et lorsque nous reprîmes nos sens, nous étions Brin-d'Avoine
et moi, couchés chacun d'un côté sur le bât d'un âne
qui nous transportait au petit pas.

Dès que nous fûmes en état de comprendre quelque
chose, plusieurs officiers d'une troupe de soldats au milieu de laquelle nous étions, nous firent quelques questions, sans que nous pussions rien y comprendre.

—Vrai de vrai, me dit Brin-d'Avoine, je croyais bien
que je ne te reverrais pas, mon pauvre Vincent ; sapristi !
quelle promenade !

—Tiens, dit l'un des officiers qui venait d'entendre
parler mon ami, ce sont deux petits Français. Ce militaire alors nous interrogea, mais nous nous gardâmes
bien de lui faire connaître le motif qui nous avait conduits en Suisse ; seulement nous lui dîmes qu'en parcou-
rant la montagne, nous nous étions sentis tout à coup
entraînés avec une vitesse extraordinaire, et que nous
avions perdu connaissance.

—Il y avait bien de quoi, mes pauvres petits, nous dit
l'officier, vous êtes tombés d'une hauteur de plus de huit

cents pieds, au beau milieu de notre régiment, qui passait au bas de la montagne, s'en allant à Naples.

—Huit cents pieds, dit Mathurin, ah! mon Dieu, je voudrais bien ne pas recommencer ce saut-là.

—Vous devez une belle prière au bon Dieu, dit le capitaine; car pareil miracle à celui qui vous a préservés n'arrive pas tous les jours.

—Vois-tu, dis-je à Mathurin, que nous avons bien fait d'implorer l'assistance du bon Dieu, sans cela nous étions perdus.

—Oui, oui, dit Brin-d'Avoine, je ne veux plus passer un seul jour sans remercier Dieu, et sans le prier de veiller sur nous.

—Ni moi non plus, dis-je.

—Ah çà! mes petits, nous dit l'officier suisse, où sont vos parents et comment les retrouverez-vous?

A cette question, je devins livide, je ne savais pas mentir.

Quant à Brin-d'Avoine, un peu déconcerté d'abord, il finit cependant par reprendre assez d'aplomb pour répondre :

—Vrai de vrai, dit-il en se grattant la tête avec ses deux mains, nous n'en savons rien.

—Comment vous n'en savez rien?

—Non, monsieur l'officier, dit Mathurin, se grattant toujours la tête d'un air effaré, qui aurait bien pu indiquer qu'il mentait; car le mensonge se voit toujours sur les traits de ceux qui trompent. Non, monsieur l'officier, nous sommes des enfants abandonnés et nous ne savons pas où sont nos parents à cette heure.

C'était un affreux mensonge, qui méritait une punition; tu verras que nous fûmes par suite punis rigoureusement.

—Ah! ah! dit l'officier.

Mais, justement en cet instant, il se fit un grand bruit, et l'on vint annoncer que la cantinière d'un bataillon venait de tomber dans un précipice; l'officier courut du côté où l'on entendait des cris, et ne revint qu'avec la triste nouvelle que la cantinière s'était cassé les deux bras. Puis, il annonça aux jeunes gens qu'il avait causé d'eux au colonel, et qu'ils resteraient au régiment jusqu'à leur arrivée à Naples, à condition qu'ils rempliraient l'office de la cantinière blessée, jusqu'à ce quelle fût guérie. Cette proposition nous convint, et à partir de ce moment nous fîmes partie du régiment des Suisses libres, qui s'étaient vendus au roi de Naples pour l'aider à rendre ses sujets esclaves.

—Je n'ai jamais bien compris ce singulier commerce, dit l'oncle Vincent, en prenant une prise. Non, encore aujourd'hui je.... Mais n'en parlons plus..... Nous nous trouvions esclaves, nous, parce qu'il fallait se soumettre quelques heures par jour à un peu d'attention pour apprendre, et nous nous sauvions; pendant que tout un régiment d'hommes très-libres, et très-fiers de le déclarer à la face du monde sur tous les tons, se rendaient esclaves pour quelques petits sous par jour,

et s'en allaient empêcher les autres moyennant rétribution de faire ce qu'ils avaient fait avec Guillaume Tell,
un fameux tireur d'arbalète, comme je vous l'ai dit, qui
fut condamné à tirer une pomme sur la tête de son petit
enfant. Enfin, cela ne nous regarde pas. Motus sur ce
chapitre !

Je ne veux pas raconter les épisodes de notre
voyage à travers la Lombardie et une partie de
l'Italie, je dirai seulement que l'Italie est le plus
beau pays du monde et que la nature et l'art
semblent s'y être unis pour faire de cette contrée le
paradis de notre planète.

Milan, où nous passâmes, est une des belles
villes de l'Italie, bien bâtie, bien peuplée; elle a une
population de 200,000 habitants; sa cathédrale, bâtie
toute en marbre, où se trouve la relique de saint Charles,
est un des plus beaux monuments de l'Europe.

Au moment de notre passage, les Autrichiens
gouvernaient encore les Lombards. Aujourd'hui cette
partie de l'Italie, comme vous le savez, a été cédée
au Piémont à la suite des victoires de l'armée française. Milan se trouve à 835 kilom. de Paris.

C'est surtout lorsque nous fûmes dans le royaume
de Naples que Brin-d'Avoine reprit un peu courage et
s'extasia sur les belles oranges, les superbes grenades,
les melons onctueux et sucrés qui se rencontraient partout dans la campagne.

—Oh ! là ! là, oh ! là ! là, me disait-il à chaque instant,

regarde donc, Vincent, le bon pays où nous voilà arrivés.
Vrai de vrai, c'est un pays de Cocagne ici ; bien sûr que les
alouettes doivent nous arriver dans le bec toutes rôties,
comme disait ma grand'mère ; oui, vrai de vrai, c'est le
paradis !

—Oui, mais, disais-je, nous qui voulions d'un beau
pays comme celui-ci, pour y goûter les douceurs de
l'indépendance, nous voilà joliment attrapés.

—Pourquoi donc?

—Eh bien ! mais si nous ne remplissons pas la charge
de la cantinière, si nous ne donnons pas à manger à son
âne, si nous ne rinçons pas bien les verres, si nous ne
faisons pas bien toutes les petites commissions que l'on
nous ordonne de faire, est-ce que la canne du sergent
Warbuffligoug n'est pas toujours prête à nous tomber
sur les épaules. Hein ! qu'en dis-tu? est-ce que tous ces
beaux fruits-là ne paraissent pas des plus amers sous la
perspective d'une volée de coups de bâton, et puis, hélas!
où retrouverons-nous jamais les bonnes tendresses de la
maison paternelle?

—Tu as peut-être raison ; mais, Vincent, je t'avouerai
que personnellement je ne suis pas, malgré la beauté du
pays, sans regretter quelquefois les pommes de terre cuites
sous la cendre de notre foyer. Pourtant je me dis qu'il
faut encore remercier le bon Dieu de nous avoir pris
sous sa garde, car nous aurions pu être plus malheureux.

—Je suis de ton avis, Mathurin ; remercions Dieu et

prions-le tous les jours de nous pardonner et de nous faire pardonner par nos parents, car pour moi je te dirai sans détour, que je regrette même les coups de martinet du père Frigoleau et que je voudrais en avoir encore.

—Eh bien ! vrai de vrai, Vincent, je suis comme toi ; et si tu veux, à la première occasion, nous retournerons chez nous. Nous n'avons rien vendu au roi de Naples, nous autres, notre corps nous appartient, nous ne sommes pas comme les libres Suisses, par conséquent nous pourrons nous en aller. J'aime mieux recevoir quelques coups de bâtons dans mon pays que d'être roué de coups dans le royaume des Deux-Siciles.

Nous arrivâmes à Naples où l'on caserna le régiment. Quelques jours après notre arrivée, la cantinière étant guérie, le sergent Warbuffligoug vint un matin nous prier d'avoir à quitter le bataillon et il appuya sa recommandation de quelques coups de sa terrible canne ce qui nous encouragea à filer au plus vite sans demander de récompense.

Nous voilà donc dans Naples sans autre ressource que notre confiance en Dieu. Naples est une belle grande ville, située sur le bord de la mer dans la plus charmante position du monde, à 1,782 kil. de Paris. Sa population est d'environ 400,000 habitants. Le climat y est doux et la vie des plus faciles, surtout pour les paresseux. Chaque matin, dès l'aurore, un grand nombre de couvents ouvrent leurs portes et distribuent des aliments aux pauvres qui se pressent en foule vers ces établissements. Quant au

coucher, rien n'est plus simple, un banc, un coin, une
pierre, tout est bon ; le pavé de Naples, en général, est
un vaste dortoir sous la voûte du plus beau ciel du
monde, où chacun a le droit de s'étendre pour dormir.

Seulement l'on entend à chaque instant les grondements sourds du Vésuve qui domine la ville et au haut
duquel on aperçoit presque toujours des flammes ou de
la fumée.

Les premiers jours de notre arrivée à Naples, notre
existence ne fut pas trop malheureuse, nous couchions à
la belle étoile, c'est vrai, mais le ciel était si pur, l'air si
tiède, et puis nous allions aux distributions de soupe et
de macaroni, et cela suffisait à nos besoins. Puis, quand
nous avions l'estomac rempli de macaroni ou de soupe à
la pâte d'Italie, nous allions nous promener comme de
bons rentiers, visiter Pompéi ou Herculanum, deux villes
que le Vésuve a englouties il y a plus de 1700 ans, que
l'on a retrouvées plus tard sous la couche de cendre et de
lave qui les recouvre, et que l'on est en train de déblayer
aujourd'hui.

Cette existence de paresseux commençait à nous être
à charge : lorsque l'on est jeune, l'activité est nécessaire
sous peine de tomber dans l'idiotisme ; et puis, une fois ou
deux, nous étant permis de faire quelques petites commissions pour des étrangers qui nous avaient récompensés,
nous nous étions approchés des établissements en plein
vent où se vendent les fruits, les melons et le macaroni.
Alors les lazzaroni, qui prétendent avoir le monopole de

la paresse et cependant qui jalousent tous ceux qui gagnent quelque chose à travailler, nous assaillirent à coups de pieds et à coups de poings et nous volèrent le peu que nous avions. Puis un jour où nous nous trouvions à une distribution de macaroni, au couvent de Santa-Maria, une clameur épouvantable s'éleva contre nous ; on nous traita d'étrangers, de Français, d'hérétiques, on nous battit à outrance et nous fûmes forcés de nous sauver le ventre vide pour ne pas être assommés.

Nous nous en allions, l'oreille basse, en longeant le quai, ne sachant comment nous mangerions.

—Vrai de vrai, Vincent, me dit Mathurin, lorsque nous fûmes à l'écart, la vie est encore plus dure ici qu'au pays.

—Oh ! pourquoi nous sommes-nous en allés, hélas ! comme je regrette la férule du père Frigoleau.

—Et moi le bâton paternel.

Comme nous disions cela, nous fûmes accostés par une espèce de marin :

—Eh ! eh ! mes petits, nous dit en français cet homme, je passais tout à l'heure près du couvent de Santa-Maria, et j'ai vu combien l'on était injuste à votre égard.

—Ah ! dit Brin-d'Avoine, vous êtes Français et vous avez vu comme l'on nous a traités.

—Oui certes, je l'ai vu, et c'est une indignité ; enfin, que voulez-vous ? il n'y avait pas à se défendre, les ennemis étaient trop nombreux ; pourtant, en qualité de compatriote, si vous voulez me le permettre, je me ferai un vrai plaisir de vous offrir à déjeuner.

—A déjeuner, dit Mathurin en se grattant la tête avec ses deux mains, à déjeuner! vrai de vrai, vous feriez cela.

—Comme je vous le dis, mes mignons, venez avec moi et vous verrez que je ne promets rien sans tenir ma promesse.

—Hein! Vincent, dit Mathurin en se retournant vers moi, tout joyeux en pensant que nous allions déjeuner, hein! en voilà une de chance.

—Peut-être que nous n'aurons pas toujours du guignon, dis-je, content de rencontrer une aussi bonne aubaine.

—Bien sûr que non, dit le marin, avec un sourire assez narquois, auquel nous ne fîmes pas attention en ce moment; car si ventre affamé n'a pas d'oreilles, il n'a pas plus d'yeux. Allons, c'est entendu, nous dit le marin, vous venez déjeuner avec moi.

—Nous vous suivons, dit Brin-d'Avoine, et, vrai de vrai, nous vous mettrons dans nos prières.

—C'est fort bien, dit le marin, qui s'approcha d'un canot attaché à la rive, embarquons alors.

—Comment? embarquons, dit Mathurin tout bouleversé, c'est donc sur l'eau qu'il faut aller déjeuner!

—Dame! dit le marin, je suis capitaine de la gentille felouque qui se balance là tout près sur ses ancres; je vous emmène sur mon bâtiment, c'est là où je demeure et où je traite mes amis.

—Hum! hum! fit Mathurin en se retournant vers moi,

et toi Vincent, quittes-tu le plancher des vaches pour un déjeuner?

—Puisque le capitaine demeure sur son navire, dis-je tristement, l'estomac tiraillé par la faim, il faut bien y aller avec lui.

—Oui, mais, dit Brin-d'Avoine, quand nous aurons mangé, comment regagnerons-nous le rivage?

—Allons donc, dit le marin, et la chaloupe n'est-elle pas toujours là.

—Ah! oui la chaloupe, dis-je avec effort, c'est pourtant vrai; puisqu'elle nous emmènera, elle nous ramènera bien.

—Allons-y, dit Mathurin, mais vrai de vrai cela ne me satisfait pas beaucoup de me risquer sur une aussi grande pièce d'eau.

Enfin nous partîmes et nous arrivâmes sans accident à bord de la felouque.

Dès notre arrivée à bord du navire, le capitaine nous emmena dans sa cabine en donnant des ordres à voix basse à ses matelots.

On nous servit un excellent déjeuner, que le marin fit durer fort longtemps en nous racontant ses voyages, ses naufrages, etc., etc. Enfin quand le déjeuner fut fini nous remontâmes sur le pont.

—Oh! là! là! me dit Brin-d'Avoine en se retrouvant sur le navire, oh! là! là! est-ce que j'ai la berlue, il me semble que la ville s'est joliment éloignée du bâtiment.

—Eh! non imbécile, dit en riant le capitaine, c'est le bâtiment qui s'éloigne de la ville.

—Comment, comment? dis-je, et la chaloupe?

—Allons, dit le capitaine qui prit un air sévère, allons, pas de raison, nous nous en allons tout droit en Espagne. J'avais besoin de deux mousses, je vous ai rencontrés fort à propos; vous ferez mon affaire, j'en suis sûr, ajouta-t-il en caressant une lanière de cuir qu'il tenait à la main. Or donc, qu'on se mette à la besogne, sans cela gare les coups de garcette!

—Ah! jour de Dieu, dit Mathurin qui avait un peu bu, vrai de vrai, capitaine, ça n'est pas délicat ce que vous faites-là.

—Tu crois cela, vaurien, dit le capitaine en lui octroyant quelques coups de pied quelque part. Eh bien! je te conseille de faire ta besogne et de te taire.

Et voilà comment nous fûmes embarqués malgré nous, et transportés en Espagne avec accompagnement de coups de corde, etc.

IV

ous arrivâmes en Espagne après avoir essuyé un grain qui nous donna un mal de cœur des mieux conditionnés.

L'Espagne est en général un superbe pays, où il ne manque aux habitants qu'un peu d'activité pour en faire l'une des parties du monde les plus productives. Mais hélas! hélas! l'Espagne est bien moins cultivée et par conséquent bien moins fertile qu'il y a mille ans, et pourtant toutes les autres parties de l'Europe sont aujour-

Dans le Cirque sur le dos d'un taureau.

Imp. Godard, Paris

Ils sont battus à outrance.

d'hui bien en progrès pour la culture du sol, comme
pour toute autre chose.

L'Espagne est devenue pauvre à force d'être riche.
Christophe Colomb, en lui donnant le nouveau
monde, avec ses trésors si faciles à remplacer, lui a,
sans le vouloir, inoculé les misères qui sont venues
plus tard fondre sur cette belle contrée et s'y enraciner
de manière à ne point faire augurer encore l'heure
d'une rénovation.

L'or du nouveau monde disparut emporté par les
nations industrieuses qui envoyaient à l'Espagne les
objets de luxe dont elle ne pouvait plus se passer. Peu
à peu les splendeurs s'envolèrent, mais les besoins restèrent avec les mauvaises habitudes; ce qui prouve
que le travail est un trésor bien plus intarissable que
toutes les mines d'or.

Dès que nous eûmes jeté l'ancre dans le port de
Malaga, le capitaine nous prévint qu'il n'entendait pas
nous garder de force et que nous pouvions nous en
aller si cela nous convenait.

Nous ne nous fîmes pas répéter deux fois cette proposition. Cet homme avait agi à notre égard avec trop
peu de sans-façon pour que nous ayons aucun regret
de le quitter. Nous descendîmes à terre au plus vite et
nous fûmes nous promener par la ville, en attendant
qu'une bonne chance nous procurât quelque chose pour
nous mettre sous la dent.

Déjà nous avions pris les mœurs des lazzaroni pares-

seux, et nous ne rougissions plus de tendre la main.
Hélas! ce que c'est que le mauvais exemple!

Tout en réfléchissant au moyen d'attendrir quelque
âme charitable, nous avisâmes un particulier drapé
dans un manteau, le poing sur la hanche, se promenant au soleil avec un air de superbe importance.

—Vincent, me dit Brin-d'Avoine, voici notre affaire,
certainement que le grand seigneur que nous voyons
là-bas ne refusera pas de nous assister, et nous nous
avançâmes vers lui. Dès que nous fûmes proches,
nous lui tendîmes la main d'un air suppliant.

Aussitôt le personnage redressa la tête, fit un geste
de dignité offensée, écarta son manteau, puis reprit sa
pose majestueuse et passa devant nous avec un mouve-
ment de mépris.

Hélas! nous ne récidivâmes pas notre demande, il ne
nous avait fallu qu'un instant pour juger à qui nous
avions affaire. Notre particulier à l'air si prépondérant
n'était qu'un pauvre diable se drapant dans sa misère
comme le font la plupart des Espagnols, même ceux qui
n'ont pas le sou. Les plus gueux, dans cet excellent pays,
prennent des airs de matamor pour en imposer; mais
leur costume, troué ou râpé jusqu'à la corde, n'en im-
pose à personne.

Si jamais vous allez en Espagne, ne vous laissez pas
prendre à ces fausses apparences.

Ce jour-là nous fûmes obligés de nous serrer le ventre,

n'ayant rencontré que des grands seigneurs du genre de celui que nous avions vu en arrivant.

Le lendemain, comme nous passions sur une grande place, nous vîmes courir de tous les côtés une foule bruyante qui se dirigeait vers un point unique. Nous suivîmes le torrent humain et nous arrivâmes à l'entrée d'une espèce de masure. Nous nous faufilâmes au milieu de la cohue, et bientôt nous nous trouvâmes placés autour d'un cirque spacieux, au milieu duquel plusieurs individus armés de lance poussaient un taureau étique et peu satisfait de se trouver dans leur compagnie. Puis au beau milieu de l'arène un cavalier maigre, basané et aussi efflanqué que le cheval jaune qu'il montait, se tenait roide sur ses étriers, le poing sur la hanche, et regardant la foule de l'air effronté d'un triomphateur.

De suite nous vîmes que nous allions assister à un de ces fameux combats de taureaux qui font tourner la tête aux Espagnols.

—En voilà une de farce, me dit Brin-d'Avoine en appercevant le taureau destiné au combat. Ah bien! ma foi la bataille ne sera pas longue, la bête est déjà à moitié morte, et ce monsieur qui a l'air si glorieux de combattre ce pauvre animal! En vérité, il n'y a pas de quoi.

—Tais-toi, dis-je à Brin-d'Avoine, l'on n'aurait qu'à t'entendre, tu pourrais nous attirer des désagréments.

En effet un matelot qui était à côté de nous avait entendu notre conservation.

—Ah! picaros, dit cet homme, tu viens te moquer

de nos combats de taureaux et du célèbre Parpilla l'un des plus fameux torréadors du monde entier ; par ma foi, tu mériterais que je te jetasse dans le cirque pour t'apprendre à vivre.

En même temps, saisissant Brin-d'Avoine par le collet, il le lança dans l'arène, à mon grand désespoir et à la grande frayeur des spectateurs.

Les picadores et le torréador poussèrent des cris effroyables, en voyant l'intrus qui venait si mal à propos entraver le spectacle ; le taureau venait d'être lâché et beuglait à faire fuir les plus braves. Pourtant Brin-d'Avoine ne parut pas effrayé le moins du monde, au contraire ; il laissa approcher l'animal et, au moment où, furieux, il baissait la tête pour le frapper, Mathurin le saisit par les cornes et se laissa enlever ; puis, par un effort des muscles, il fit une cabriole et retomba à califourchon sur la bête ahurie et reniflant l'air avec force.

Je connaissais Brin-d'Avoine pour l'avoir vu plus d'une fois s'exercer à de pareils tours ; aussi ne fus-je pas trop effrayé en le voyant sur le taureau ; mais les spectateurs, qui ne connaissaient pas l'adresse de mon compagnon, firent entendre les cris de frayeur les plus bruyants ; pourtant, lorsqu'ils le virent bien assis sur le dos de son antagoniste lancé à fond de train à travers le cirque, tout le monde se mit à l'applaudir avec frénésie.

Le taureau, lui, après avoir parcouru l'arène plusieurs fois, finit par s'arrêter, et les picadores, humiliés d'avoir vu déranger leurs exercices par un étranger, vinrent s'emparer de l'animal et le conduisirent à son étable, au grand déplaisir des spectateurs qui furent privés, ce jour-là, du spectacle qu'ils étaient venus chercher.

Dès que Brin-d'Avoine fut libre, il vint me retrouver, suivi par une foule déguenillée qui voulait le porter en triomphe.

En sortant du cirque, nous fûmes accostés par un individu qui nous dit en mauvais français que le torréador voulait nous tuer, et qu'il nous conseillait de prendre la fuite, mais que, si nous voulions nous engager à donner quelques séances du tour que Brin-d'Avoine venait de faire, il nous protégerait.

—Combien nous donnerez-vous, dit Brin-d'Avoine poussé par la faim?

—Nous partagerons la recette, dit l'individu.

—Mais en attendant, dis-je, il faut manger, et nous avons bon appétit.

—Je vous nourrirai, dit encore notre nouvelle connaissance, jusqu'à ce que vous ayez gagné de l'argent.

—C'est convenu, dit Brin-d'Avoine, allons dîner, car j'ai une faim dévorante.

Notre conducteur nous conduisit dans un endroit des plus sales qu'il appela une *hiacinta*. Là on nous servit les mets les moins faits pour donner de l'appétit; pourtant nous ne fîmes pas les difficiles et nous mangeâmes.

Aussitôt après avoir satisfait notre estomac, notre associé nous dit qu'il était d'avis de gagner au plus vite le Portugal, pour éviter la colère du torréador, notre ennemi, qui certainement chercherait à se venger.

Nous acceptâmes la proposition, n'ayant rien de mieux à faire, et nous partîmes sur-le-champ pour le pays des oranges.

Nous marchions depuis plusieurs jours, lorsque Brin-d'Avoine fut pris d'un mal de pied qui le gênait beaucoup. Maître Zacharias Brinbolia, notre directeur, pressé sans doute d'arriver, s'absenta un matin et nous amena une mule de belle apparence, en nous disant qu'elle servirait à transporter Mathurin.

—Ah! maître Zacharias, dit Mathurin en voyant la mule, vous avez eu là une fameuse idée; seulement comme la bête me paraît solide, je crois que mon ami Vincent pourrait y monter avec moi.

—Très-bien, dit maître Brinbolia et lorsque vous serez un peu défatigués, je m'en servirai à mon tour.

—Rien de plus juste, dis-je.

Aussitôt Brin-d'Avoine s'élança comme une plume sur le dos de la mule et j'en fis autant sans trop de difficulté; mais nous n'eûmes pas plus tôt enfourché notre monture que la mauvaise bête se mit à ruer d'une manière épouvantable. Brin-d'Avoine, habitué aux exercices équestres des chevaux à moitié sauvages de la forêt où il avait été élevé, tint bon, et je me cramponnai après lui, la mule continuant à ruer et à se démener. Maître Zacharias voulut intervenir avec un gourdin; mal lui en prit, car la bête, loin de se soumettre, lui lança un vigoureux coup de pied qui l'étendit sur le carreau, puis elle prit la fuite dans une course furieuse qu'il nous était impossible de diriger.

—Tiens bon, Vincent, me disait Brin-d'Avoine. Tiens bon, vrai de vrai, je ne sais pas où nous allons, mais bien sûr que nous arriverons quelque part.

—Oui, et maître Zacharias, dis-je à Mathurin.

—Eh bien! ma foi qu'il nous rattrape s'il peut, mais m'est avis que nous ne risquons pas plus de misère sans sa compagnie, car je crains bien que ce ne soit pas un très-honnête homme.

Notre mule, devenue comme enragée, fuyait toujours avec plus de vitesse; enfin, au bout de plusieurs heures de cette course furibonde, il fallut bien qu'elle s'arrêtât; nous en profitâmes pour respirer un peu et pour nous demander ce que nous allions faire.

—D'abord, me dit Brin-d'Avoine, continuons notre route, car je t'avoue, Vincent, que je ne tiens pas du tout à devenir dompteur de taureaux; c'est bon pour une fois ces jeux-là, mais, à la seconde séance, il est possible que l'on soit éventré, et je t'assure que la perspective n'est pas amusante.

—Alors, dis-je, sauf le coup de pied de la mule au pauvre Zacharias, cette bête nous a été providentielle.

Nous allâmes comme cela une partie de la nuit, au petit pas de notre monture qui était devenue douce comme un agneau. Puis enfin, nous trouvant dans un lieu propice, nous prîmes un peu de repos, après avoir eu la précaution d'attacher notre mule à un arbre.

Dès le petit jour nous fûmes éveillés par les sons lointains d'une multitude de cloches; alors nous vîmes bien que nous n'étions pas loin d'une grande cité. En effet, nous étant remis en route, au bout de quelques instants nous aperçûmes les clochers et les dômes des monuments de Lisbonne.

Le Portugal, partie de l'ancienne Lusitanie, est un pays montueux; la température y est plutôt chaude que tempérée, le sol y est fertile, mais peu cultivé. Le Portugal a environ 576 kilomètres dans sa plus grande longueur, sur une largeur de 168 à peu près. La population y est d'environ 3,700,000 habitants. Ce petit État est presque une annexe de l'Angleterre, qui l'a pris sous sa protection. Le commerce et toutes les richesses agricoles et manufacturières sont aux mains des Anglais, qui ont là une superbe colonie sans en avoir ni l'embarras ni la dépense.

Les Portugais furent les premiers qui s'aventurèrent sur les mers lointaines et qui doublèrent le cap des Tempêtes, aujourd'hui le cap de Bonne-Espérance, pour pénétrer dans l'Inde.

Lisbonne est la capitale du Portugal, sa population est d'environ 280,000 habitants. Cette ville, située à l'embouchure du Tage, est séparée en deux, la vieille ville, ramas de masures informes, et la ville neuve, dont les rues et les places sont assez belles.

Lisbonne est sujette à des tremblements de terre, et

elle en souffrit beaucoup en 1531 ; la ville fut presque détruite en 1755.

Nous allions entrer dans la capitale du Portugal. Brin-d'Avoine se félicitait déjà du plaisir qu'il éprouverait à se régaler des belles oranges que l'on disait y trouver, lorsque nous fûmes arrêtés près des portes de la ville par une multitude de gens de la campagne qui apportaient des denrées au marché. Tout à coup nous entendîmes de grands cris, puis nous vîmes accourir de notre côté plusieurs individus qui semblaient s'en prendre à nous et nous menaçaient par toutes sortes d'épithètes que nous ne comprenions pas. L'un de ceux qui criaient le plus fort prit notre mule par la bride, pendant que plusieurs de ses camarades commencèrent à décharger sur nos épaules la plus terrible volée de coups de bâton que j'ai jamais reçue de ma vie.

Après les premiers transports de la colère de nos persécuteurs, qui ne nous avaient pas donné le temps de nous reconnaître, nous fûmes jetés à bas de la mule et pilés comme poivre par tous ceux qui étaient là ; puis enfin l'on nous traîna jusqu'à un poste de soldats. Alors seulement nous comprîmes la fâcheuse position dans laquelle nous nous trouvions. Un brave soldat, qui savait quelques mots de français, nous expliqua que nous étions accusés d'avoir volé la mule sur laquelle nous nous trouvions au moment de notre entrée dans la ville.

Nous racontâmes comment cette mule était en notre

possession; mais notre justification ne fut pas admise, et nous fûmes envoyés en prison.

—Hélas! hélas! disait Brin-d'Avoine, j'aurais dû m'en douter, ce Zacharias était un coquin.

Nous restâmes plusieurs jours en prison, en compagnie d'une foule de vagabonds. Un beau matin, l'on vint nous chercher et l'on nous conduisit au port où nous fûmes embarqués.

—Ah! Vincent, mon pauvre ami, qu'allons-nous devenir?

—Oui, oui, dis-je en pleurant, que va-t-on faire de nous?

—Dire que nous n'avons pas même pu manger une seule orange dans le pays où elles poussent.

—Oh! dis-je, ce que je regrette en ce moment, ce ne sont pas les oranges, ce sont les bonnes caresses de ma mère, les paroles affectueuses de mon père, lorsque j'étais raisonnable. Oh! si c'était à recommencer!

—Eh bien! vrai de vrai, je suis comme toi, je regrette même les coups de bâton du père Brinqueballe, notre voisin.

—Ah! bien sûr, c'est le bon Dieu qui nous punit.

—Pour sûr, Vincent, le bon Dieu est juste; pourtant mettons notre espoir en lui.

Sur le dos de deux Orangs-Outangs.

A. Coppin lith.

Imp.Godard,Paris.

Montés sur des Autruches.

V

L bâtiment où nous étions embarqués mit à la voile, et bientôt nous nous trouvâmes en pleine mer. A quelques jours de là, il s'éleva une furieuse tempête; nous fûmes jetés à la côte d'Afrique. Presque tout l'équipage et une partie des passagers périrent dans ce naufrage, et, pour comble de malheur, nous tombâmes entre les mains d'une peuplade de nègres féroces.

Forcés de suivre nos persécuteurs dans l'intérieur des terres, la plupart de nos compagnons périrent en route, exténués par la fatigue.

4

Quant à Brin-d'Avoine et à moi, comme nous étions jeunes, la seule besogne que l'on nous imposa fut de porter chacun un négrillon sur nos épaules. Mais hélas! nous eûmes bien à souffrir de l'humeur méchante et tracassière de nos conducteurs, qui nous traitaient comme des bêtes de somme.

L'Afrique est un grand continent, qui ne tient à la terre ferme que par l'isthme de Suez que l'on est en train de couper par un canal. Cette grande presqu'île a 7,550 kilomètres dans sa plus grande longueur et 7,000 de large.

Ce vaste pays est resté presque inconnu pendant bien des années, et sauf l'Égypte et l'Éthiopie, le reste des populations qui l'occupaient n'était composé que d'un ramassis de sauvages et de nègres idiots et féroces. Depuis quelques années, d'intrépides voyageurs ont pénétré dans diverses parties de l'Afrique. Pourtant les plus vastes contrées de ce continent restent encore inconnues.

La population totale de l'Afrique n'est guère estimée à plus de 80 à 100 millions d'âmes.

Une nuit où nous dormions du plus profond sommeil, nous fûmes réveillés à coups de bâton, par une troupe de grands singes qui avaient mis nos conducteurs en fuite.

A l'aspect de ces nouveaux persécuteurs, je fus épouvanté, mais Brin-d'Avoine, malgré la position où nous nous trouvions, se mit à rire comme un fou en voyant les affreuses grimaces de deux vieux singes qui se disputaient un morceau d'étoffe rouge qui me servait de ceinture.

Tout à coup, l'un des deux singes qui n'avait pas réussi à me ravir ma ceinture me chargea sur ses épaules et se mit à fuir de toute la vitesse de ses pattes, l'autre singe en fit autant à Brin-d'Avoine, et en un instant, nous nous vîmes entourés d'une bande d'orangs-outangs qui nous formaient une escorte assez peu pittoresque et emportés de toute la vitesse de nos montures.

La position n'était pas des plus amusantes; pourtant Mathurin, que la gaieté n'abandonnait jamais entièrement, se mit à crier de toutes ses forces.

—Vrai de vrai, Vincent, je ne sais pas ce qui va nous arriver, mais pour le moment j'aime mieux être à califourchon sur les épaules de ces vilains singes que d'être forcé de subir les caprices des méchants négrillons.

—Oui, dis-je, mais qu'allons-nous devenir ?

—A la grâce de Dieu, dit Mathurin, on dit que les singes ne mangent pas la viande, par conséquent, lorsqu'ils seront las de nous porter, ils nous laisseront aller.

Nous arrivâmes bientôt dans des rochers ; là nos montures nous déposèrent au pied d'un arbre, puis nous déshabillèrent entièrement; alors les deux singes qui nous avaient transportés et qui paraissaient être les chefs de la troupe se revêtirent de nos habits et se mirent à faire mille cabrioles. Mais, par malheur, s'étant mis à grimper dans les arbres, ils se trouvèrent pris dans les épines et eurent bien du mal à redescendre, arrêtés à chaque instant par les malheureux habits qui étaient en lambeaux. Alors ils se prirent d'une grande colère contre nous et, s'armant d'un bâton, ils nous forcèrent, pour leur amusement, à sauter, à gambader et à faire des tours de toutes sortes.

—Ah bien! ah bien! disait Mathurin tout en sautillant pour éviter les coups de bâton; ah bien! ah bien! en voilà une drôle de contredanse, vrai de vrai, je ne pourrai jamais m'habituer à un pareil jeu.

Quand les singes nous eurent bien fait sauter, les plus petits d'entre eux se mirent à grimper sur nos épaules et il fallut recommencer à courir pour les amuser, sans quoi, ils nous mordaient les oreilles ou nous tiraient les cheveux.

—Oh! là, là! Vincent, disait à chaque instant Mathurin, vrai de vrai, je voudrais être encore au pays.

—Et moi, et moi, disai-je tout essoufflé, comme je regrette les punitions du maître d'école et les remontrances de mon père.

Après plusieurs jours d'habitation avec les singes qui nous tourmentèrent sans cesse, trouvant l'occasion de nous soustraire à leur surveillance, nous en profitâmes. Fugitifs et errants au milieu de forêts et de déserts immenses, habités seulement par les bêtes les plus féroces de la création, nous eûmes à souffrir toutes les tortures de la faim, de la soif et de la peur.

Rien n'est plus étrange que les immenses solitudes du continent africain. Il est impossible de se figurer l'innombrable quantité de bêtes de toutes sortes qui pullulent dans certains cantons.

Après avoir vécu pas mal de temps au milieu de ces solitudes dans des transes continuelles, nous parvînmes un jour à nous emparer de deux jeunes autruches.

La prise de ces autruches nous causa d'abord beaucoup de plaisir, mais bientôt nous nous aperçûmes que ces bêtes devenaient une lourde charge pour nous. Il fallait les nourrir, les surveiller sans cesse; pourtant, à force de persévérance, nous parvînmes à les civiliser un peu et à les dresser de manière à ce qu'elles nous fussent utiles.

Brin-d'Avoine avait formé un plan pour essayer de nous sortir de ces affreuses solitudes où nous vivions si malheureux. Un jour il me fit part de ses idées.

—Vincent, me dit mon compagnon d'infortune, j'ai un projet, si tu veux nous verrons s'il est praticable.

—Je le veux bien, dis-je, car je me trouve très-malheureux ici.

—Vrai de vrai, je suis forcé d'avouer que je pense comme toi.

—Alors comment faire pour améliorer notre sort?

—Eh bien! voici mon idée : nos autruches sont fortes et peuvent certainement nous porter ; il faut les dresser et les habituer à nous servir de montures.

—Hum! hum! dis-je, crois-tu que ces oiseaux voudront se laisser brider comme de simples ânes?

—Ma foi, dit Mathurin, je ne sais pas si nos autruches voudront nous laisser monter sur leur dos, mais ce que je sais, c'est que je veux qu'elles fassent ma volonté ou qu'elles aillent se promener toutes seules. Essayons.

—Je le veux bien, dis-je, mais...

—Plus de mais ni de si, Vincent, me dit Mathurin presque fâché, il nous faut sortir d'ici, et, plutôt que d'y rester, je tenterais de dompter un lion ou un rhinocéros.

Le lendemain, nous nous mîmes à l'œuvre, d'abord nos autruches furent très-rebelles, puis peu à peu elles s'habituèrent à nous laisser monter sur leur dos et enfin un jour nous leur fîmes une espèce de mors et de bride avec des lianes flexibles et nous essayâmes de les diriger. A notre grande joie, nous vîmes que nous pouvions compter sur deux montures, sinon très-dociles du moins assez débonnaires.

—Hein! me dit Mathurin, lorsque nous fûmes certains d'avoir réussi, hein! Vincent, tu vois que ce que l'homme veut, comme disait le maître d'école, Dieu le veut, quand c'est juste.

—Hum! hum! dis-je à Mathurin, je ne sais pas si les autruches n'auraient rien à te répondre, et si elles trouveraient ton procédé très-juste à leur égard; enfin le plus certain de tout, c'est que nous avons réussi et que nous pouvons nous mettre en route.

Le lendemain, après avoir recueilli tout ce que nous pouvions emporter de provisions dans des espèces de filets en jonc que nous avions fabriqués, nous nous mîmes

en route, après avoir adressé une fervente prière à Dieu
pour qu'il nous prît sous sa protection.

Rien n'était plus drôle que de nous voir juchés sur,
nos autruches, les dirigeant avec un long bâton.

Pendant quarante jours nous parcourûmes un chemin
immense, ne nous arrêtant que la nuit et pour recueillir
des provisions pour nous et nos bêtes. Enfin, le quarante
et unième jour, nous nous trouvâmes tout à coup au milieu
d'une caravane qui allait du Soudan en Égypte. A notre
apparition, les nègres et les maures qui conduisaient
la caravane poussèrent de grands cris et nous entourèrent;
puis, comme ils ne nous comprenaient pas, ils commencèrent par nous traiter assez peu civilement. Ils nous
firent mettre pied à terre et égorgèrent nos autruches à
nos yeux pour s'en régaler, malgré que les pauvres bêtes
fussent réduites à un état de maigreur effroyable, mais
rien n'est impitoyable comme un ventre affamé.

Nous ne fîmes aucune attention au mauvais accueil
des marchands, et nous nous réjouîmes intérieurement,
au contraire, de retrouver des hommes et surtout l'espoir
de sortir un jour des solitudes effrayantes de l'Afrique.

Nous suivîmes la caravane qui arriva bientôt à un
campement où elle trouva des rafraîchissements de toutes
sortes; alors nos compagnons devinrent moins durs à
notre égard, quelques-uns même nous permirent de
ronger les os de leur repas; puis, peu après, un honnête
marabout qui allait en pèlerinage à la Mecque, voyant
notre dénûment et la peine que nous avions à marcher au

milieu des sables brûlants, nous permit de monter sur un de ses chameaux. Alors nous ne fûmes plus aussi malheureux ; malgré que cette manière de voyager sous un ciel de feu ne fût pas des plus agréables, nous commençâmes à reprendre de l'espérance.

—Hein ! Vincent, quelle bonne idée j'ai eue de dresser nos autruches ! sans cela nous serions encore dans le fond d'un désert ou dévorés par quelque bête féroce.

—Oui, Mathurin, tu as raison, mais nous aurions encore mieux fait de ne jamais quitter la maison paternelle.

—Vrai de vrai, Vincent, je suis de ton avis.

Nous mîmes plus de deux mois pour arriver à la Mecque, où nous entrâmes enfin, après avoir traversé une partie de l'Égypte et l'isthme de Suez, où nous revîmes des hommes à peu près civilisés.

L'Égypte est célèbre par l'antiquité de sa civilisation, par ses monuments, dont les Pyramides et les sphinx que l'on voit encore nous donnent une idée, par ses Pharaons et surtout par sa fertilité due aux débordements du Nil, ce fleuve mystérieux dont, après plus de trois mille ans de recherches, on ignore encore la source.

Bons résultats d'une colique.

C. Vallet lith.

Imp. Godard, Paris.

Punis par où ils ont péché.

VI

'ARABIE est une contrée de l'Asie qui borde la mer Rouge. Les populations de cette partie de l'Asie vécurent de tout temps de la vie patriarcale et dans l'état primitif de liberté et de vagabondage où durent vivre tous les peuples.

La Mecque est l'une des plus importantes cités de l'Arabie; sa célébrité tient à ce que Mahomet, le prétendu prophète, y vit le jour, et qu'à ce titre cette ville est devenue sacrée et un lieu de pèlerinage pour tous les musulmans.

La Mecque qui eut jusqu'à 100,000 habitants est bien réduite aujourd'hui ; sa population n'est guère que de 20,000 âmes ; elle est assez bien bâtie, dans un lieu agréable, l'on y voit la fameuse Kaabah ou maison d'Abraham. Mais la plus grande intolérance règne dans cette cité, et malheur à tout étranger qui oserait y pénétrer sans les plus grandes précautions.

L'Asie est la partie du monde la plus considérable et la plus peuplée ; c'est aussi la plus anciennement habitée, puisque la Genèse nous enseigne que ce fut le berceau du monde, que le paradis s'y trouvait et que Noé y construisit l'arche et y planta la vigne.

L'Asie contient une infinité de pays, d'empires, de royaumes et de peuples nomades. On y trouve aussi les plus hautes montagnes du monde , les monts Himalaya.

L'Asie fut de tout temps renommée pour son climat, sa fertilité et ses productions de toutes sortes.

Les plus grandes parties de l'Asie, celles qui ont quelque valeur, appartiennent aujourd'hui à la Russie, à la Perse ou à l'Angleterre, puis au vaste empire de la Chine.

Nous ne parlons pas de la Turquie qui n'est plus, à l'heure qu'il est, qu'un État divisé, et qui n'est campée sur les rives du Bosphore que comme une sentinelle, toujours prête à tirer son dernier coup de fusil et à rentrer dans les solitudes d'où sont sortis les premiers Turcomans conquérants.

L'Asie a une population estimée à 800 millions d'âmes.

Dès notre arrivée à La Mecque, nous fûmes mis en demeure de faire nos dévotions en vrais croyants sous peine d'être empalés.

Cette dernière perspective surtout effraya tellement Brin-d'Avoine, qu'il fut pris d'une colique effroyable! ce fut ce qui nous sauva, nos persécuteurs nous ayant ordonné de nous éloigner, et pour cause ; nous en profitâmes pour gagner la campagne, où nous rencontrâmes, par hasard, un Anglais qui nous prit sous sa protection et nous emmena avec lui.

Cet Anglais, le meilleur homme du monde, s'en allait en se promenant à travers l'Asie jusqu'à Bombay, dans l'Inde.

Nous le suivîmes dans toutes ses pérégrinations et ne fûmes pas peu surpris, en traversant les vastes provinces de l'Inde, de voir combien les hommes différaient entre eux de manière de voir sur une foule de choses sur lesquelles ils auraient dû être d'accord. Après nous être promenés dans toutes sortes de pays, nous arrivâmes dans le Caboul. Là, on nous fit monter sur des éléphants. Ces colosses de la création, bien loin d'être ombrageux comme en Afrique, servent à transporter les voyageurs et leurs bagages. Cela nous sembla bien bon de nous sentir emportés mollement sur le dos de nos montures. Nous arrivâmes dans le Bengale. Là nous changeâmes de manière de voyager ; nous montâmes dans des palanquins, espèces de grandes cages posées sur de longues perches, que quatre ou huit robustes Indiens portaient sur leurs épaules.

Enfin, nous arrivâmes à Bombay où nous eûmes le malheur de perdre notre protecteur, lord Frimouse, qui mourut d'une indigestion de trompe d'éléphant.

—Hélas! nous revoilà donc livrés à nous-mêmes, dis-je à Mathurin.

—Mon pauvre Vincent, me dit Mathurin, vrai de vrai, nous avons bien du guignon. Pourquoi ce gourmand de mylord Frimouse a-t-il fait la bêtise de traverser 2,500 lieues de pays sauvages, pour venir mourir à Bombay d'une indigestion de trompe d'éléphant?

—Que veux-tu? dis-je à mon camarade. Dieu, qui a veillé sur nous jusqu'ici, nous enverra peut-être un moyen de retourner dans la mère patrie, près de nos chers parents, corrigés et bien repentants.

—Espérons-le, dit Brin-d'Avoine, tout attristé.

Sur ces entrefaites nous fûmes accostés par un monsieur fort bien mis, d'un embonpoint assez respectable, qui, nous ayant entendu parler en français, nous dit dans cette langue que si nous voulions, il nous emmènerait avec lui jusqu'à New-York et que là il nous serait facile de trouver un passage pour la France.

Nous acceptâmes de suite la proposition de cet honnête homme.

Pourtant Mathurin me dit tout bas :

—Vrai de vrai, Vincent, ce monsieur a un physique

qui ne me revient pas ; il ressemble presque à Zacharias, le voleur de mule, qui nous a valu une si forte volée de coups de bâton.

—Allons, Mathurin, dis-je à mon camarade, tu as tort certainement. Ce Monsieur a l'air très-honnête et très-débonnaire.

—Je voudrais le croire comme toi, mais enfin, nous n'avons que cette planche de salut ; il faut nous y atta-cher, tu as raison.

Tout en causant, nous suivîmes notre nouvelle connaissance qui nous conduisit dans une immense taverne, où nous nous trouvâmes en compagnie d'hommes de toutes les couleurs ; les uns cuivrés, d'autres tout noirs, d'autres basanés, mais tous avec des mines à effrayer d'honnêtes gens. Pourtant nous fîmes bonne contenance, et bientôt nous oubliâmes les hideuses figures de nos compagnons pour satisfaire notre faim.

Deux jours après, nous nous embarquâmes sur un grand navire, et nous fûmes bientôt en pleine mer.

Voyant que tout le monde s'occupait sur le vaisseau, nous fûmes les premiers à proposer de travailler.

—Vous avez raison, dit avec un mauvais rire celui qui nous avait engagés à le suivre à New-York, et qui était le capitaine du bâtiment. Vous avez raison, mes jeunes messieurs, car j'allais vous prier de vous rendre utiles.

—Toi, petit, me dit-il, tu seras le maître d'école de deux singes que j'ai achetés et qui se conduisent assez mal, et tu apprendras à parler français à mon perroquet.

Et toi, ajouta-t-il en désignant Mathurin, tu tourneras la broche et tu t'occuperas à la cuisine avec le maître coq. Surtout de la bonne volonté, reprit-il encore en montrant une longue lanière de cuir qu'il tenait à la main. Je veux que mes deux singes soient policés, et que mon perroquet sache le français avant notre arrivée. Je veux que le maître coq n'ait pas à se plaindre de son aide; autrement gare les étrivières. Puis le capitaine nous tourna le dos.

—Oh! là, là! dis-je à Brin-d'Avoine, en voilà une de corvée; passer tout mon temps à instruire deux singes et un perroquet, lorsque je ne suis ici que parce que je n'ai pas voulu étudier et aller à l'école. Oh! là là, en voilà un de châtiment.

—Et moi donc, dit Mathurin, me voici obligé de vivre enfermé avec les chaudrons du maître coq, quand je n'ai pris la fuite que parce que l'on voulait que je restasse une partie de la journée à creuser des morceaux de bois pour faire des sabots. Vrai de vrai, nous sommes bien punis.

—Oui, dis-je, nous sommes punis par où nous avons péché, Dieu est juste.

Nous commençâmes, Brin-d'Avoine et moi, à faire ce que nous avait commandé le capitaine. Mais hélas! quelle longue suite de chagrins nous eûmes à subir l'un et l'autre!

Mathurin se mourait d'ennui dans son trou, et quant à moi, ma vie était plus triste encore. Les deux méchants singes mes élèves ne m'écoutaient pas du tout, et me jouaient mille mauvais tours. J'avais beau les prendre de toutes les manières, rien n'y faisait, leur mauvais instinct les poussait toujours vers le mal. Un, jour même ils s'emparèrent du bâton et du martinet dont je me servais pour les corriger, et ils me poursuivirent jusque sur le pont. A la vue des deux singes qui s'acharnaient après moi, tous les hommes de l'équipage poussèrent des éclats de rire et je fus bien mortifié. Pourtant les matelots m'aidèrent à mettre mes deux babouins à la raison. Quant au perroquet, cette vilaine bête n'était pas plus docile que mes deux autres élèves. Il ne voulait rien apprendre, et ne répondait à toutes mes conversations qu'en frappant les bâtons de son perchoir à grands coups de bec. Notre bâtiment, dont je ne savais pas la destination, aborda enfin sur les côtes d'Afrique. Là nous trouvâmes une cargaison de nègres que le capitaine fit charger sur son navire. La manière dont on traitait ces malheureux me fit le plus vif chagrin; pourtant je n'y pouvais rien, et je dus les plaindre sans en avoir l'air, autrement j'aurais pu me repentir de mon humanité.

Nous partîmes de la côte d'Afrique et nous abordâmes en Amérique, à Boston, ville de la Virginie.

VII

L'Amérique.—Arrivée à Boston.—Ils sont couverts d'une couche de noir et vendus comme des nègres bon teint.—Ils se sauvent dans une barque entraînée par un crocodile.—Ils vivent dans les bois.—Ils sont enlevés sur les cornes d'un buffle.—Ils voyagent en l'air dans une cage attachée à la patte d'un condor.

'AMÉRIQUE est un continent découvert par Christophe Colomb, il n'y a guère que deux siècles (en 1492). Ce nouvel hémisphère n'est point aussi vaste que l'ancien monde, mais il est plus considérable que chacune de ses parties.

L'Amérique était habitée primitivement par des races d'hommes rouges ou cuivrés. Lors de la découverte de Christophe Colomb, les peuples de l'ancien continent se jetèrent avidement sur le sol du nouveau monde. Peu à peu les races européennes ont envahi la

Vendus pour des nègres bon teint.

C. Vallet lth.   Imp. Godard, Paris.

Sur les cornes d'un Buffle.

plus grande partie des pays découverts par Christophe Colomb; et aujourd'hui, pour retrouver les types des anciens indigènes, il faut les chercher dans les parties les plus désertes et les plus inconnues de l'Amérique.

Le nouveau monde se divise en deux parties : l'Amérique du Nord et l'Amérique du Sud.

L'Amérique du Nord, autrefois habitée par les Peaux-Rouges, est composée aujourd'hui des différents États de la vaste république des États-Unis et de quelques pays presque inhabitables.

La civilisation des États-Unis est un singulier mélange de toutes les idées de l'Europe, modifiées ou exagérées par des populations livrées à une vie de luttes incessantes et d'activité.

Rien n'est plus singulier, et plus triste en même temps, que l'existence presque brutale de la plupart des habitants de l'Amérique du Nord. A côté de la plus large liberté, du plus insoucieux laisser-aller pour certaines choses de la vie, vous rencontrerez l'esclavage le plus inouï et le plus féroce; à côté d'une doctrine honnête, d'une religion de charité, vous apercevrez les appétits les plus égoïstes, la plus lâche indifférence pour les misères de vos semblables. Mais laissons le peuple américain pour ce qu'il vaut; Dieu, sans doute, passera le niveau de sa justice sur les aberrations de tous ces féroces adorateurs du veau d'or et de la force brutale.

L'Amérique du Nord possède les plus grands fleuves

du monde, ses forêts sont immenses et leurs productions considérables.

L'Amérique du Sud, patrie des hommes cuivrés, est
aujourd'hui divisée en petites républiques où la guerre
civile existe à l'état latent, et en immenses déserts, plus
habitables, peut-être, que les prétendus États libres où
l'on ne rencontre que le fanatisme et l'intolérance, sauf
quelques exceptions ; c'est là aussi que se trouve l'empire du Brésil, qui contient à lui seul près d'un tiers
de l'Amérique.

Les productions de l'Amérique du Sud sont innombrables ; ses bois de teinture, ses plantes médicinales,
ses riches mines d'or et de pierreries en font une des
parties privilégiées du monde entier. Mais la barbarie
existe encore presque partout, et là où Dieu a mis la
paix, l'abondance et la joie, on ne rencontre que la
lutte, la déception et la ruine.

En arrivant, le capitaine fit débarquer ses nègres dont
la moitié avait péri en route ; puis il vint me demander si
j'avais réussi avec mes élèves. Je devins tout tremblant,
et les singes, pour répondre à ma place, sautèrent sur
son dos, lui arrachèrent une poignée de cheveux et lui
mordirent les oreilles. Le capitaine, devenu furieux, me
distribua de nombreux coups de pied et m'enferma dans
la cale avec Brin-d'Avoine.

—Hein ! Vincent, me dit mon camarade, avons-
nous du malheur.

—C'est vrai, dis-je ; mais aussi pourquoi avons-nous renoncé volontairement à l'appui de nos tuteurs naturels ?

—Oui, oui; ça, c'est bien vrai, ça finira peut-être.

Quelques instants après l'on vint nous chercher, on nous attacha et nous fûmes conduits au capitaine qui nous fit passer, à plusieurs reprises, une couche de noir sur tout le corps, puis on nous conduisit sur le marché aux esclaves où l'on était en train de vendre les nègres qui avaient été transportés sur notre bâtiment. Ne sachant pas un mot d'anglais nous ne comprenions rien à ce qui se disait; pourtant lorsque des hommes vinrent nous examiner de tous côtés, nous vîmes qu'on allait nous vendre à notre tour. Enfin nous fûmes vendus bel et bien, comme des noirs bon teint, à un colon du plus vilain aspect.

Dieu sait ce que nous eûmes à souffrir d'abord avec nos camarades les nègres et ensuite avec nos maîtres les blancs. Par les uns, nous étions tourmentés, mordus, pincés parce qu'ils ne se trompaient pas sur notre teint de contrebande; par les autres, nous étions bâtonnés, parce que c'était leur bon plaisir.

Dans ce charmant pays des États-Unis, où toutes les théories sont prêchées, où toutes les religions sont admises, où le peuple s'intitule le plus libre du monde entier, il y a encore des États à esclaves. Là, les hommes ne sont plus frères, ils sont ennemis; il est vrai que le fétiche de ce peuple est le veau d'or; aussi tout est beau, tout est bien, tout est juste, lorsque l'on a de l'argent.

Notre vieille société avec ses défauts vaut mille fois mieux bien sûr que l'état ambigu dans lequel tournoie la libre Amérique. Chez nous, il y a toujours quelques sentiments honnêtes ou généreux qui dominent les mauvais instincts. La charité, par exemple, est pratiquée par tout le monde ; mais sous le ciel de la libre Amérique, à la place du cœur l'on ne doit avoir qu'un lingot, et, en tous cas, tenir sans cesse une hache à la main.

L'homme qui nous avait achetés nous emmena sur ses plantations de la Virginie ; là un commandeur commença par nous administrer, soir et matin, pendant plusieurs jours, une volée de coups de fouet disant sans cesse : « C'est pour votre bien, il faut faire l'apprentissage du métier, et puis il est bon de s'habituer au mal. »

A force de nous battre, la couche de noir qui nous recouvrait commença à s'éclaircir et le commandeur ne nous en battait que plus fort, prétendant que les nègres ne pouvaient pas blanchir sans avoir de mauvaises intentions. Enfin un soir, Mathurin s'approcha de moi.

—Eh bien ! Vincent, me dit-il, commences-tu à t'habituer au traitement du commandeur ?

—Et toi, Mathurin ?

—Moi, je ne peux plus l'endurer, c'est fini, j'aime mieux mourir.

—Moi, dis-je, j'aimerais assez vivre ; pourtant, être roué de coups comme cela, soir et matin, ma foi ! c'est trop fort ; je ne puis plus y tenir non plus.

—Alors, si tu veux Vincent, nous saisirons la première occasion et nous filerons.

—Oui, mais si nous sommes repris.

—Dame! je sais bien que le commandeur nous pilera comme poivre.

—Alors que décides-tu?

—Moi, j'aime mieux tout risquer que de rester.

—Si c'est ton dernier mot, partons et à la grâce de Dieu.

—J'ai une idée, me dit Mathurin, la nuit est noire et, si tu veux, nous allons en profiter. Je sais où se trouve un canot sur le bord de la petite rivière, nous nous mettrons dedans, et ma foi nous irons jusqu'au jour, puis nous descendrons et nous nous enfoncerons dans les terres.

—Oui mais, et des vivres, dis-je?

—Il y a là tout près plusieurs pains cuits de ce matin; puis nous pouvons emporter un quartier de porc salé, nous le mettrons dessaler dans la rivière; quand cela sera consommé, nous verrons.

Une heure après, nous nous mettions en route à petit bruit, moi chargé de plusieurs gros pains préparés pour les esclaves, et Mathurin ployant sous un quartier de porc qu'il avait tiré du saloir. Arrivés au canot, nous y déposâmes nos pains, nous attachâmes le lard à la chaîne qui se trouvait à l'avant du bateau; puis, ayant poussé l'embarcation, nous nous trouvâmes entraînés par le courant. Nous n'allions pas très-vite d'abord, parce que le courant n'était pas rapide; mais tout à coup nous sentîmes une forte secousse, puis le canot se trouva emporté avec une force incroyable.

Cela semblait aller assez bien; cependant je n'étais pas sans inquiétude sur la cause de la rapidité de notre course; nous pouvions d'un moment à l'autre voir chavirer notre frêle embarcation et servir de pâture aux nombreux crocodiles qui vivaient dans la rivière.

— Ah ça! mais, Vincent, me dit Brin-d'Avoine, bien sûr, il se passe quelque chose d'extraordinaire; notre bateau semble entraîné par une force surnaturelle.

— Que penses-tu qui puisse nous faire aller si vite? dis-je.

— Je pense, je pense que j'ai eu tort de vouloir dessaler notre lard et que ces gourmands de crocodiles pourraient bien être pour quelque chose dans ce qui nous arrive.

En effet, comme le jour commençait à paraître et que l'eau de la rivière était très-claire, nous aperçûmes un énorme crocodile qui s'était emparé de notre lard, et plusieurs de ses camarades qui le poursuivaient pour avoir leur part du butin.

— Ah! ah! dit Mathurin, je ne m'étais pas trompé; comment faire pour arracher notre quartier de porc à ces larrons. Après un instant de réflexion, il prit une rame et se mit à battre l'eau de toutes ses forces; cela ne produisit pas d'effet d'abord. Cependant le crocodile qui tenait notre lard, ayant fini par couper le morceau dont il s'était emparé, ses camarades le poursuivirent et nous laissèrent tranquilles. C'était fort heureux, car nous avions fait un chemin incroyable et nous allions nous trouver sur des brisants. Après bien des efforts, nous abordâmes, et ayant remercié Dieu de nous avoir protégés dans notre fuite, nous nous chargeâmes de nos provisions et nous entrâmes dans une forêt.

Après les plus rudes épreuves et des fatigues inouïes, après avoir erré plusieurs mois dans des déserts où nous ne rencontrâmes que des bêtes, nous arrivâmes au milieu de plaines immenses où paissaient en liberté des milliers de buffles.

Nous avions inventé des piéges pour prendre toutes sortes de petits animaux, et nous avions fabriqué entre autres une espèce de grande cage en bois qui nous servait à enfermer le gibier et à nous mettre nous-mêmes au besoin.

Un jour que nous étions occupés à préparer une place pour y attirer les petits oiseaux, nous fûmes surpris par l'approche de l'une de ces bandes innombrables de bœufs sauvages qui émigrent chaque saison. Effrayés à la vue de cette multitude qui nous environnait de toutes parts, nous eûmes la malheureuse idée de nous glisser, Brind'Avoine et moi, en compagnie de plusieurs oiseaux dans notre grande cage, dans l'espérance d'éviter la rencontre des buffles. Hélas! bien mal nous en prit. A peine étions-nous fourrés dans notre prison que le plus fort bœuf, qui marchait à la tête du troupeau, vint nous flairer et voulut nous enlever d'un coup de corne; mais ses cornes se trouvant prises dans les barreaux de la cage, nous nous trouvâmes suspendus aux extrémités des défenses redoutables du buffle sans pouvoir nous tirer de là, d'autant plus que l'animal, devenu furieux par l'espèce d'entrave qu'il avait sur la tête, se mit dans une grande fureur et partit d'un galop effréné, en poussant des beuglements horribles, pendant que ses compagnons le suivaient dans sa course précipitée.

La position n'était pas gaie du tout, mais du tout.

— Hein! Vincent, me dit Mathurin à moitié mort de frayeur comme moi, hein! en voilà une drôle de voiture.

— Oui, dis-je, mais Dieu veuille que nous en sortions sains et saufs.

Le buffle, de plus en plus furieux de ne pouvoir se débarrasser du poids qui le gênait, s'était écarté de la route de la grande bande, et bientôt il se trouva isolé, courant, beuglant et se démenant d'une manière effroyable.

Plus morts que vifs, nous nous attendions d'un moment à l'autre à une catastrophe qui paraissait inévitable, lorsque tout à coup nous sentîmes une grande secousse : le buffle poussa un beuglement plus prolongé, se démena pendant quelques instants avec rage, puis tomba épuisé.

Ne sachant à quoi attribuer sa chute, dès que nous fûmes un peu revenus à nous, nous essayâmes de nous rendre compte de la position.

— Oh! Vincent, me dit Brin-d'Avoine, oh! Vincent, un ours, un ours gris!

Je ne pus répondre à Mathurin, je venais d'apercevoir moi-même la bête féroce plongeant ses terribles ongles dans les flancs de la victime. Notre position devenait des plus déplorables, malgré que l'ours n'essayait pas de nous faire du mal, il était assez occupé à se repaître de sa proie. Sur ces entrefaites, des condors aux formes gigantesques, attirés par l'odeur du sang, arrivèrent bientôt à leur tour disputer les restes du bœuf à l'ours gris. Un de ces animaux, d'une grosseur et d'une force incroyables, vint s'abattre sur notre cage ; puis, après avoir enlevé avec son bec un morceau du buffle, malgré les grondements de l'ours, il voulut s'élever dans les airs, déploya ses larges ailes ; mais, hélas ! l'une de ses pattes se trouva prise entre deux barreaux de la cage, et il nous enleva à une hauteur prodigieuse avant même que nous eussions pensé au terrible malheur qui nous menaçait.

— Ah ! mon Dieu ! mon Dieu ! Vincent, me dit Mathurin en me serrant de toutes ses forces, ah ! mon Dieu ! nous sommes enlevés dans les nuages ; si nous tombons de là, c'est fini de nous.

— Ah ! mon Dieu ! dis-je à mon tour, protégez-nous !

Mathurin, qui conservait toujours un peu de son sang-froid, voyant la manière peu solide dont nous étions soutenus dans les airs, s'empressa de prendre une forte lanière de cuir qu'il avait à sa portée et d'attacher solidement la patte du ravisseur aux barreaux de notre prison.

Lorsqu'il eut fait, il reprit assez d'assurance et me dit :

— Ah ! ah ! Vincent, tu ne t'attendais pas à voyager dans

les nuages ; eh bien ! nous y voilà. Faut avouer, ajouta-
t-il, que, depuis notre malheureuse idée d'abandonner
la maison paternelle, nous avons été transportés de bien
des manières : d'abord sur nos bâtons, puis sur la neige,
sur des mules, sur un bâtiment, sur le dos des singes,
sur des éléphants et des chameaux, sur des autruches ;
enlevés par un crocodile, sur la tête d'un bœuf, et à 1,500
pieds en l'air par les serres d'un condor.

— Hélas ! dis-je, nous avons été bien éprouvés et justement punis ; pourtant les dangers que nous avons courus jusqu'ici n'étaient rien à côté de celui que nous courons en ce moment.

— Prions Dieu, dit Mathurin ; promettons-lui de devenir l'exemple de tous les enfants, et il nous prendra
encore cette fois sous sa protection, comme il a déjà fait
tant de fois.

—Prions, prions, dis-je, Dieu seul peut nous sauver.

Pendant ces quelques mots, notre prison parcourait
l'espace avec une vitesse incroyable. Cependant, peu à
peu l'oiseau ralentit la célérité de son vol ; puis, tout à
coup, il se laissa tomber comme une masse. La rapidité
de cette descente nous avait donné le vertige, et nous
nous aperçûmes à peine que nous étions à terre.

Sans doute nous aurions infailliblement été écrasés, si
par un bonheur tout providentiel, nous n'étions tombés
sur de jeunes arbustes qui amortirent la secousse. Cependant un autre danger tout aussi grand vint nous menacer ;
car l'oiseau n'eut pas plus tôt touché le sol, qu'il entra

dans une colère extraordinaire et se mit à frapper notre cage à coups redoublés de son terrible bec. Fort heureusement qu'une troupe d'hommes apparut tout à coup et s'empara du condor, non sans avoir reçu de graves blessures et après un furieux combat.

VIII

os sauveurs étaient des sauvages
chasseurs. Ces hommes, d'une taille
bien plus élevée que celle des peuples de l'Europe, ne furent pas peu
étonnés lorsqu'ils nous aperçurent
dans la cage, où nous étions blottis
à moitié morts de frayeur.

Aussitôt, ils nous tirèrent de notre prison et nous
passèrent de main en main, comme une chose extraordinaire; puis on nous attacha les poignets derrière le dos
et l'on nous mit des entraves aux jambes; après quoi,

Ils tombent au milieu des Sauvages.

C. Vallet lith.   Imp. Godard, Paris.

Condamnés à s'entre-manger une oreille &ᵃ

deux des géants nous placèrent derrière eux sur la croupe
de leurs chevaux, et partirent avec le reste de la bande
de toute la vitesse de leurs montures.

Après avoir parcouru un chemin très-considérable
dans la fâcheuse situation où nous étions, nous arrivâmes enfin dans le camp des sauvages. Hélas! il eût peut-
être mieux valu pour nous être précipités des nuages que
de tomber entre les mains de ces hommes féroces.

Nous ne fûmes pas plus tôt arrivés au camp des Peaux-
Rouges que les femmes et les petits enfants de la tribu
accoururent pour nous voir et nous persécuter. Par un
motif que nous ne comprenions pas, ces peuples avaient
en horreur toute la race blanche, car, malgré le restant
de noir qui nous couvrait encore la peau, il était facile
de nous reconnaître pour des blancs.

— Ah! mon pauvre Vincent, me dit Mathurin lorsque
la nuit fut venue, et qu'après nous avoir attachés on nous
eut laissés seuls; ah! mon pauvre Vincent, la fatalité
nous poursuit; nous ne sommes pas plus tôt sortis d'un
danger ou d'une mauvaise position qu'aussitôt nous retombons dans de nouveaux périls. Hélas! hélas! quand
cela finira-t-il?

— Je crains bien, dis-je à Mathurin, que ces cannibales ne fassent cesser bientôt toute espèce de nouvelles
sources de misères pour nous.

— Tu crois donc qu'ils voudraient nous manger, dit
Brin-d'Avoine.

— Je le crains bien; il m'a semblé tantôt, par les

signes que les femmes et les petits enfants se faisaient entre eux, qu'ils se disaient : « Ah ! là ! là ! comme nous allons nous régaler. »

— Ah ! mon Dieu ! mon Dieu ! dit Mathurin, prenez pitié de nous ! Être mangés comme des pommes de terre ou des lentilles ! Ah ! mon Dieu ! c'est trop terrible, sauvez-nous !

— Prions, dis-je ; Dieu qui nous a protégés déjà en tant de circonstances nous viendra encore en aide.

Après avoir prié avec ferveur, nous nous endormîmes. Le lendemain, on nous enferma dans une espèce de boîte d'où notre tête seule sortait. L'on nous apporta à manger toute la journée et l'on fit de même les jours suivants.

— Ah ! mon bon Vincent, me dit un jour Mathurin, ah ! mon pauvre ami, tu avais raison ; nous sommes destinés à être mangés. Ces affreux sauvages nous font absolument ce que je voyais pratiquer à nos fermiers qui engraissaient de la volaille ; ils enfermaient les pauvres bêtes et leur donnaient à manger toute la journée ; seulement on leur crevait les yeux.

— Ah ! mon pauvre camarade, dis-je en pleurant, les sauvages sont bien capables de nous aveugler, s'ils peuvent supposer que cela fait engraisser ; ne va pas le leur dire, surtout.

Quelques jours après cette conversation, une partie des sauvages qui avaient été à la chasse rentra au camp avec de bonnes provisions et un Américain d'un embonpoint excessif.

Le Yankee était gras à point, aussi se préparait-on à le manger, lorsque celui-ci parvint à se faire écouter. Il savait un peu la langue de ces cannibales, et il leur fit un superbe discours pour leur prouver qu'il serait beaucoup, plus avantageux à la nation de le recevoir parmi eux ; qu'il leur expliquerait une foule de choses qu'ils ignoraient s'ils voulaient bien lui permettre de se faire sauvage, seul motif qui l'avait amené, disait-il, dans la contrée où on l'avait pris.

Cet homme mentait, car je le reconnus de suite pour le méchant capitaine qui nous avait fait teindre et vendre comme des nègres ; mais je ne dis rien, pensant que ce malheureux se trouvait dans une trop mauvaise position pour lui conserver de la rancune.

Pourtant Brin-d'Avoine, qui avait appris depuis quelques jours le langage de nos persécuteurs, fit comprendre aux femmes qui nous nourrissaient que le Yankee avait de longues oreilles qui seraient délicieuses à croquer. Je n'approuvai pas mon ami, car il est toujours mal de se venger.

Les femmes des Patagons, qui ne demandaient pas mieux que de grignoter quelque chose, représentèrent à leurs époux qu'il fallait couper les oreilles de l'Américain pour les faire frire. Cette proposition fut reçue à l'unanimité, mais l'un des chefs dit qu'il n'aimait pas les oreilles et qu'un bifteck lui ferait bien plus de plaisir.

Alors il fut décidé que le captif fournirait un morceau de la partie la plus charnue de son individu pour satisfaire le chef, et qu'il donnerait ses deux oreilles qui serviraient à régaler les dames sauvages. Puis, comme nous n'engraissions pas, l'on proposa de nous recevoir membres de la tribu, à la condition que nous donnerions le spectacle d'un festin dont l'une de nos oreilles et un morceau pris dans la partie la moins desséchée de notre individu formeraient la base.

On vint donc nous faire la proposition, à Brin-d'Avoine et à moi, de nous entre-manger chacun une oreille et un peu d'une autre chose de nous-mêmes.

[Je me récriai d'abord contre cette proposition, mais Mathurin accepta sans cérémonie, disant qu'il ne demandait pas mieux que de manger un peu de moi.

— Vincent, me dit Brin-d'Avoine, s'il n'y a que ce moyen-là pour nous en tirer, acceptons-le, mon ami, il nous restera toujours une oreille. Eh bien! l'on peut encore vivre avec cela; pendant que si nous sommes mis en gibelotte ou en daube, ni-ni, c'est fini.

Forcé de subir ce marché, je ne consentis qu'à la condition que l'oreille et le bifteck de Mathurin me seraient livrés cuits à point, ce qui me fut accordé.

Le lendemain la cérémonie eut lieu. Le Yankee eut les deux oreilles mangées par les femmes, et le grand chef eut un rosbif à sa fantaisie. Pendant l'opération, le méchant capitaine faisait une drôle de mine, mais il n'y avait pas moyen de reculer.

Notre tour vint et il fallut nous exécuter et subir une opération assez douloureuse, c'est pourquoi ton pauvre oncle Vincent est privé d'une oreille et du plaisir de s'asseoir comme tout le monde.

— Ah! mon Dieu! dis-je à mon oncle, tu as mangé du Mathurin!

— Oui, me dit le brave homme, et Brin-d'Avoine a mangé de mon individu.

— Oh! là là! mon pauvre oncle!

— N'en parlons plus, petit, c'était une punition de ma désobéissance : tâche de ne pas en mériter autant.

Quelques jours plus tard nous parvînmes à nous échapper, et après de grandes fatigues, nous tombâmes entre les mains d'une troupe de Patagons un peu civilisés qui nous traitèrent avec assez de bonté et qui nous conduisirent au Chili, où l'excellent Francisco Etchauren, citoyen de la république du Chili, nous prit sous sa protection.

Les Patagons sont des peuples d'une haute stature, qui habitent une partie de l'Amérique avoisinant le Chili et le cap Horn.

Ces peuples, sur lesquels on avait répandu les fables les plus grossières, en prétendant qu'ils avaient jusqu'à douze et quinze pieds de haut, ne mesurent guère que six ou sept pieds. Ils vivent presque toujours à cheval et se livrent à la chasse des bœufs et des chevaux sauvages.

En dehors de cela, les Patagons ressemblent à tous les autres sauvages de l'Amérique.

Le Chili est un petit pays situé entre la mer et la chaîne des Andes. Ce coin de l'Amérique, qui est sujet à des tremblements de terre, est très-fertile et jouit d'un climat excellent. Les populations qui l'habitent, descendants des premiers colons, sont bonnes et hospitalières, plus honnêtes et plus sensées que les autres habitants de l'Amérique du Sud.

Quelques mois plus tard, le bon Francisco nous fit embarquer sur un bâtiment qui nous conduisit en Chine.

Condamnés au supplice de la Cangue.

                                                                Imp.Godard,Paris.

A travers la Chine.

IX

La Chine.—L'oncle Vincent et Mathurin sont condamnés à recevoir vingt-cinq
coups de bâton et à porter huit jours la cangue pour avoir éternué devant un
mandarin à dix-sept boutons.—Ils voyagent en Chine sur une voiture à voile.
Ils sont chassés de la Chine.

 A Chine est un vaste empire qui couvre
près d'un tiers de l'Asie.

Les Chinois prétendent faire remonter
l'origine de leur gouvernement à plus de
40,000 ans. Ce qui ne les empêche pas
d'être peu sociables et d'avoir une antipathie très-pro-
noncée pour toutes les autres nations du globe.

Les populations du Céleste-Empire forment un peuple
à part. Égoïstes, fourbes, menteurs, vils, cruels, insen-
sibles, les Chinois ne ressemblent qu'à eux-mêmes. Pourtant ils ne sont pas sans posséder quelques qualités. Fa-

çonnés à une manière de vivre, à un ordre de choses con-
sacré par les siècles, ils ne peuvent pas sortir et ne veulent pas sortir de l'ornière où ils roulent depuis des milliers d'années. Cependant ils ont une civilisation, des doc-
trines, une religion et toutes sortes d'arts et de sciences ;
ils ont fait une foule de découvertes qui indiqueraient que
ce peuple est doué d'une assez grande intelligence, et
pourtant il n'en est rien : toutes les belles choses qui
existent dans le Céleste-Empire, toutes les découvertes,
fruits ordinaires du raisonnement et d'une civilisation
avancée, semblent chez ce peuple être sorties du chaos
toutes créées et n'avoir fait aucun progrès depuis.

Les Chinois ont connu les premiers l'imprimerie, la
poudre à canon, la boussole et une foule d'autres mer-
veilles, et toutes ces belles choses sont restées entre leurs
mains à l'état incomplet de premier jet.

Que voulez-vous que fasse un peuple, lorsqu'il est arrivé
à se croire permis de jeter les nouveau-nés en pâture aux
poissons ou aux porcs, pour les engraisser plus vite, et
en faire un trafic plus lucratif? Cet oubli du premier
devoir de la nature n'implique-t-il pas un manque de
judiciaire et une férocité native ?

Ce qu'il y a de plus curieux en Chine, après les Chinois toutefois, c'est la manière dont se nourrissent ces
peuples qui nous traitent de barbares. Leur cuisine se
compose de toutes sortes de mets dont le nom seul nous
soulève le cœur. D'abord on y mange ces fameux nids
d'hirondelles ; ce mets est pour les riches, car il est cher,

mais les pauvres font pâture de tout. Ils se régalent de fritures de chenilles, de sauces à l'essence de cloportes, de hachis de crapauds, de gâteaux d'œufs de punaises, de ragoûts de sauterelles, de lézards et de grenouilles. Quant aux araignées, elles ne sont servies que dans les grands festins. Pour un Chinois, tout est bon. Au reste, les peuples de cette partie du monde sont fort laids, et leur physionomie annonce plus de malice que de bon sens. Les magots, dont nous avons quelques spécimens sur porcelaine, sont les types du beau et des dieux adorés dans le Céleste-Empire; jugez de la délicatesse du goût des Chinois, tant au moral qu'au physique, par ce simple aperçu.

Arrivés à Hong-Kong, grand port de mer, capitale de la province de ce nom, qui a une population de 6 à 800,000 âmes, nous n'eûmes guère à nous louer des Chinois. Nous promenant un jour dans la ville, nous eûmes le malheur de rencontrer un mandarin à dix-sept boutons; ne connaissant pas les usages du pays, Mathurin se mit à éternuer sans cérémonie devant le mandarin. Celui-ci, outré qu'un barbare se fût permis d'éternuer en sa présence, nous fit arrêter tous deux et nous fit administrer à chacun vingt-cinq coups de bâton sous la plante des pieds, ce qui n'est pas du tout un moyen d'accélérer la locomotion de ceux qui reçoivent cette correction. Après quoi il nous condamna à porter la cangue pendant huit jours. Hélas! mon pauvre Gaston, bien sûr que tu ne sais pas ce que c'est que le supplice de la cangue?

— Il me semble, mon cher oncle, avoir vu des gravures représentant des Chinois la tête passée à travers une planche ou une barrique ; n'est-ce pas cela qui s'appelle la cangue ?

— Parfaitement, dit l'oncle Vincent avec un soupir ; c'est un affreux supplice, mon ami, et, si tu veux m'en croire, tu n'iras jamais éternuer en Chine.

Après avoir subi notre condamnation, on nous rendit la liberté. Alors un spéculateur chinois nous proposa de nous montrer comme des bêtes curieuses.

Ne sachant comment vivre, nous acceptâmes ses propositions et nous nous mîmes à parcourir le Céleste-Empire en exerçant la profession de saltimbanques.

Les Chinois ont des idées fort ingénieuses quelquefois, malheureusement ils les laissent à l'état primitif sans les compléter, c'est pourquoi l'on voit toutes sortes d'inventions en Chine, sans en trouver une seule arrivée à la perfection. Ainsi nous avions une manière de voyager des plus simples, que l'on devrait bien employer dans certaines parties de l'Europe.

Nous voyagions au nombre de cinq ou six, montés dans une espèce de carriole qui recevait son impulsion du vent, au moyen d'une grande voile, comme les petits canots de nos rivières. Cette manière de voyager a bien ses petits désagréments : deux fois Mathurin ou moi eûmes le nez presque coupé par un changement de vent qui nous fit passer brusquement la corde qui tenait la voile sur la tête, sans nous avertir ; ou bien quelquefois le vent soufflant trop fort renversait notre véhicule sens dessus dessous. Sauf ces petits ennuis, notre manière de voyager était assez douce.

Après avoir parcouru Pékin, visité la tour de porcelaine et traversé le pays où se cultive l'arbuste qui donne le thé, nous arrivâmes près de la grande muraille. Ma foi! là nous perdîmes notre chef, qui fut condamné à être pendu pour avoir mangé de l'opium sans permission.

Pour nous, nous en fûmes quittes pour une bastonnade et pour être transportés de l'autre côté de la grande muraille ; avec la défense de jamais rentrer en Chine, sous peine d'être rôtis vivants contre un tuyau de poêle.

Dès que nous nous trouvâmes seuls, Mathurin me dit :

— Eh bien! Vincent, nous voilà encore une fois livrés à nous-mêmes au milieu d'un désert inconnu.

— Oui, dis-je, qu'allons-nous devenir?

— Marchons devant nous, dit Brin-d'Avoine, car je n'ai pas envie de retourner de l'autre côté de la grande muraille ; les Chinois sont trop laids et trop portés à user du bâton et de la cangue.

— De quel côté tourner, alors ?

— Allons toujours, Vincent, le bon Dieu sait mieux le chemin qui nous convient que nous ; il nous conduira.

X

Ils sont prisonniers des Tartares Mantchoux qui les forcent à s'aplatir mutuellement le nez.—Ils se sauvent chez les Ostiacks.—Ils voyagent en traîneau attelé de chiens.—Ils sont condamnés aux mines de Sibérie.—Ils sont remis à des Lapons qui les font voyager sur leurs traîneaux tirés par des rennes.—Ils voyagent en kibiska.—Ils sont obligés de jouer des castagnettes onze heures durant pour charmer les loups.—Ils partent sur un train de bois sur la Newa. —Ils sont jetés sur un glaçon en compagnie d'un ours.

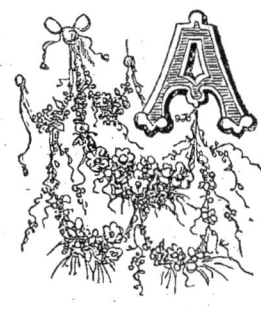 PRÈS avoir imploré Dieu avec fer-veur, nous nous mîmes à cheminer au milieu d'un pays des plus tristes, mais bientôt nous fûmes faits pri-sonniers par les Tartares Mantchoux, qui nous conduisirent dans leur camp.

Comme nous ne comprenions pas le langage des Mantchoux, nous nous trouvâmes encore dans une de ces positions critiques où nous étions tombés tant de

Forcés de s'entre-applatir le nez.

Imp. Godard.

Obligés d'amuser les Loups.

fois déjà. Les gens chargés de nous questionner se mirent dans une grande colère contre nous, en voyant que nous ne leur répondions pas. Alors, ils se consultèrent entre eux avec des gestes et des cris qui finirent par nous effrayer; et il y avait de quoi; car ils se montraient nos figures du bout du doigt, puis ils se tournaient ensuite vers un pal, instrument de supplice qui se trouvait près du lieu où nous étions, et nous le montraient avec des gestes de colère.

—Dis donc, Vincent, me dit Brin-d'Avoine, sais-tu que je commence à avoir peur?

—Et moi donc, dis-je, je ne suis pas plus rassuré que toi.

—Mais vois donc, Vincent, comme ils sont laids ces Mantchoux: point de front, deux petits yeux tout ronds, le nez aplati, la bouche fendue. Oh! là là, sont-ils laids, ces magots-là.

—Tu es bien honnête, en disant qu'ils ont le nez aplati. Moi je soutiens que la nature a oublié de leur en fournir un.

—Ma foi, dit Mathurin, dans tous les cas il est bien court.

La discussion entre les Mantchoux chargés de prononcer sur notre sort venait d'être terminée. Alors le chef de nos juges s'avança vers nous, posa son pouce sur le nez de Mathurin, puis d'un geste il montra le pal.

Nous comprîmes, tant bien que mal, qu'il fallait

avoir le nez aplati pour être admis, sans doute, dans l'honorable horde des Tartares Mantchoux, ou être empalés.

—Oh! là là! oh! là là! me dit Mathurin, as-tu compris, Vincent?

—Hélas! dis-je, il me semble que oui.

—Eh bien! que choisis-tu?

—Mais toi?

—Moi, dit Brin-d'Avoine, j'aimerais mieux m'en aller, mais hélas! nous sommes gardés à vue.

—Alors.

—Alors l'aplatissement des cartilages du nez ne fait pas mourir, au lieu que le pal!... hum....

—Tu préfères l'aplatissement?

—Dame! pourtant faudrait obtenir du temps et demander que la chose se fît en douceur.

Nous ne pûmes en dire davantage, car en ce moment même, une espèce de sorcier s'avança, tenant un petit maillet et une plaque de cuir.

Aussitôt il mit ces outils entre les mains de Brin-d'Avoine en lui faisant signe d'opérer sur moi.

— Ah! Vincent! ah! Vincent, dit Brin-d'Avoine tout tremblant, ah! Vincent, vrai de vrai, je n'oserai jamais.

Pourtant il fallut qu'il s'exécutât, car en ce moment même deux grands gaillards s'emparèrent de moi, me lièrent sur une planche et mirent Mathurin en besogne. Au premier coup de maillet, je poussai un cri affreux, qui faillit renverser mon pauvre Brind'Avoine, qui fut cependant forcé de recommencer jusqu'à ce que l'affreux morceau de cuir fut collé sur ma peau. Lorsque les Mantchoux virent que mon nez était dans l'état qu'ils désiraient, ils me délièrent, me firent prendre un cordial et attachèrent, à son tour Mathurin sur la planche fatale d'où je venais d'être tiré; puis me mettant la mailloche et un morceau de cuir entre les mains , ils m'obligèrent d'opérer sur le nez de mon ami le même traitement qu'il venait de faire subir au mien.

—Ah! Vincent! ah! Vincent, ménage-moi, disait Mathurin tout tremblant, ah! mon pauvre ami, vrai de vrai, j'aurais préféré toute autre chose, plutôt que de souffrir le supplice que ces gredins-là nous infligent.

Pourtant il fallut bien que je fisse à mon ami ce qu'il m'avait fait, car nos bourreaux nous montraient à chaque instant le pal, sorte de dérivatif que je voulais éviter avant tout.

Enfin, lorsque j'eus fini, les principaux d'entre les Mantchoux vinrent nous féliciter et nous fûmes invités à un grand repas de chair de cheval crue où nous ne mangeâmes guère.

Pendant la nuit, l'affreux emplâtre de cuir qui nous couvrait le nez nous fit horriblement souffrir, aussi Mathurin me proposa-t-il de nous sauver au plus vite.

Aussitôt, nous nous faufilâmes hors du camp. Nous prîmes deux chevaux sur lesquels nous sautâmes et que nous mîmes au grand galop. Nous fîmes un énorme chemin sans nous arrêter ; puis enfin nos montures tombèrent de lassitude. Alors nous nous empressâmes de nous débarrasser des horribles emplâtres qui nous pressaient le nez.

Fort heureusement l'opération n'avait rien lésé et nos nez purent reprendre à peu près leur ancienne forme.

—Hein ! Vincent, en voilà encore une drôle d'aventure, dit Mathurin. Oh ! là là, quand donc rentrerons-nous au village ?

—Que Dieu nous y conduise le plus vite possible, dis-je à mon ami : car pour peu que cela continue, nous n'y retournerons que dans un état des plus déplorables.

Nous nous remîmes en route, et après bien des misères, nous arrivâmes chez les Ostiacks ; ah ! les pauvres gens ; ah ! le pauvre pays ; si on peut appeler cela un pays, où la neige couvre la terre neuf mois sur douze, et où les autres trois mois vous êtes en guerre continuelle avec les moustiques.

Les Ostiacks nous accueillirent très-bien et nous régalèrent d'une soupe à l'huile de foie de morue et au poisson pourri.

—Ah ! mon Dieu, dis-je à Mathurin dès la première poignée, car c'est à pleines mains que l'on se sert du potage ou du ragoût chez les Ostiacks. Ah ! mon Dieu, qu'est-ce que c'est que ça ?

— Pouah! dit Mathurin qui avait déjà avalé une partie de son potage. Pouah!

Et comme j'allais, malgré ma répugnance, porter ma main à ma bouche, il s'écria :

—Arrête, Vincent, arrête, mon pauvre ami, pouah! arrête, car je crois véritablement que je suis empoisonné.

—Oh! là là! dis-je, j'en ai déjà avalé un peu. Oh! là là, il me semble que j'ai des tranchées.

—Pouah! fit encore Mathurin, ça me gargouille dans le ventre comme si j'avais avalé trois livres de manne. Pouah!

Pourtant, comme les bons Ostiacks continuaient à manger le ragoût de poisson pourri et d'huile de foie de morue avec une certaine satisfaction, nous reprîmes courage, et notre faim surmontant le dégoût, nous finîmes par avaler la soupe des Ostiacks. Mais Mathurin ne cessait de me répéter :

—Ah! Vincent, ah! Vincent, fort heureusement que ça coule vite. Oh! là là, comme la soupe aux choux de la maison paternelle me semblerait délicieuse maintenant!

—Oui, dis-je, et moi aussi je serais heureux de manger les mets que ma bonne mère me réservait avec tant de soin. Oh! là là, comme nous sommes punis.

Après nous être reposés un peu chez les Ostiacks, après nous être refaits un peu l'estomac avec des ragoûts et des rôtis de chair de chiens, qui sont nombreux dans le pays et servent autant à la nourriture des indigènes qu'aux travaux domestiques, nous reprîmes notre voyage dès que la neige fut assez durcie pour que les traîneaux, tirés par quinze ou vingt chiens, pussent glisser sans inconvénient.

Nous arrivâmes enfin dans une bourgade où il y avait des autorités russes.

Le magistrat du lieu, nous prenant pour des espions, nous fit conduire à Tobolsk, où nous fûmes envoyés dans les mines; en voilà encore un supplice qui n'est pas mince. Pourtant un ingénieur français, qui se trouvait dans le pays, vint à notre secours, et, après avoir entendu notre histoire, nous réclama au gouverneur, qui nous rendit à la lumière.

—Il faut avouer, me dit Mathurin, que notre destinée est bien triste, toujours retomber d'un malheur dans un autre; vrai de vrai, je commence à croire que nous ne reverrons jamais notre village.

—Hélas! mon pauvre ami, pourquoi le quittions-nous comme des ingrats?

L'ingénieur français nous confia à quelques braves Lapons qui nous prirent, à leur tour, sur leurs traîneaux conduits par des rennes.

—Vois donc, Vincent, me dit un jour Mathurin, pendant notre voyage à travers les plus affreux pays de la terre; vois donc comme le bon Dieu est bon; car si ces pauvres petits Lapons, avec lesquels nous voyageons, n'avaient pas le précieux animal qui nous traîne en ce moment, il leur serait impossible de vivre dans ces climats.

Le renne, en effet, est le plus sobre et le plus utile de tous les animaux. Les Lapons en ont des troupeaux de cinq à six cents; cela forme toutes leurs richesses; du lait des femelles, ils font des fromages; de la chair, ils s'en nourrissent; de la peau, ils s'en vêtissent, et, je le répète, le renne est le plus précieux cadeau de l'Éternel aux petits nains de la Laponie.

La Laponie est une grande contrée qui s'étend depuis la Norwége jusqu'au cercle polaire. Les hommes qui habitent ces pays sont petits et presque difformes. Leur taille ne dépasse pas un mètre et quelques centimètres; ce sont plutôt des nains que des hommes; chez eux nous passerions pour des géants.

Vers les confins de la Laponie, il y a des jours qui durent trois mois et des nuits qui durent autant. Il n'y a que quelques jours de chaleurs, mais ces chaleurs ne sont guère intenses. Pendant plus de neuf mois, la terre est couverte de neige, les rivières gelées et la nature semble sinon morte, du moins engourdie. Le Lapon est chasseur et pêcheur; pendant les quelques jours de température douce, il faut qu'il fasse sa provision de poisson pour toute une année. Ce poisson, il le met sécher ou pourrir, et voilà sa subsistance pour de longs jours.

Le Lapon, on le comprend, est superstitieux et ignorant; sa vie se passe entre ses rennes, la chasse et la pêche, et à s'enivrer avec quelques boissons fermentées; pourtant le Lapon tient à son pays et rien ne peut le lui faire abandonner.

Nous voyagions avec une célérité extraordinaire. Cependant, de temps en temps, il nous arrivait de nous trouver attaqués par des loups affamés; alors il fallait leur abandonner quelques-unes de nos pauvres bêtes, ou bien nous courions risque d'être dévorés nous-mêmes.

Nous arrivâmes enfin dans une petite ville où nos Lapons nous laissèrent, après nous avoir fait toutes sortes de politesses, même celle de nous frotter le nez avec une poignée de neige.

Nous étions bien dans un pays plus habitable que la Sibérie; pourtant nous avions encore plus de cinq cents lieues à faire avant d'atteindre Saint-Pétersbourg, lieu où nous espérions trouver le moyen de regagner la France.

Les bons habitants de la petite ville où nous étions, nous voyant si jeunes et si délaissés, eurent pitié de nous et firent une petite collecte pour nous venir en aide, puis ils nous recommandèrent à des conducteurs de kibitka, espèces de voitures traînées par deux petits chevaux de l'Ukraine, et nous souhaitèrent un heureux voyage.

J'avais repris de l'espoir et Mathurin était redevenu gai; aussi les commencements de notre voyage nous semblèrent-ils des plus agréables, comparativement aux misères que nous avions endurées depuis bientôt trois années que nous étions livrés à une espèce de tempête qui nous avait ballottés d'un pays à un autre, sans nous laisser de repos.

Brin-d'Avoine était très-fort sur les castagnettes, et je commençais à jouer assez passablement de ces petits instruments ; aussi les conducteurs de kibitka nous engageaient-ils, de temps en temps, à les régaler de notre musique.

Nous approchions d'une bourgade de l'Ukraine, la plupart des kibitkas qui se trouvaient avec la nôtre nous avaient quittés pour suivre différentes directions, lorsque nous arrivâmes dans une forêt immense. Par malheur la neige était tombée; la terre en était couverte ainsi que les arbres et notre équipage n'avançait pas beaucoup, la nuit nous surprit au milieu de cette forêt. Nous n'étions plus que trois dans notre petit chariot, y compris le conducteur, lorsque tout à coup nos chevaux se mirent à souffler et à piétiner d'une manière remarquable. Prêtant l'oreille, nous entendîmes alors, malgré le vent qui soufflait dans les grands arbres, un bruit sourd et continu qui se rapprochait sensiblement.

—Nous sommes perdus! se mit à dire tout tremblant notre conducteur, les loups nous poursuivent et paraissent être nombreux. C'en est fait de nous!

—Les loups! dit Brin-d'Avoine ému.

—Les loups! dis-je à mon tour, frappé d'épouvante, où sont-ils.

7

Je n'avais pas fini de parler que des hurlements effroyables se firent entendre.

—Sauve qui peut! dit le conducteur de la kibitka, et il s'élança en bas de la voiture et grimpa sur un arbre.

Nous voulûmes en faire autant, malheureusement nous n'eûmes pas le temps de choisir un sapin assez fort pour nous assurer un refuge convenable, nous nous élançâmes au contraire sur un jeune arbre qui se mit à ployer dès que nous eûmes atteint son sommet. Enfin nous y étions, pas moyen de chercher ailleurs, car les loups accouraient de tous côtés, hurlant d'une manière épouvantable. Nos deux pauvres chevaux essayèrent bien de se défendre, mais en vain ; ils assommèrent quelques loups, et au bout d'un instant ils étaient mis en pièces.

En voyant la féroce ardeur avec laquelle les bêtes fauves déchiraient nos chevaux et tous les harnais de la voiture, nous nous mîmes à trembler de toutes nos forces, pensant au sort qui nous était réservé si un secours providentiel ne nous arrivait de quelque part. Les loups n'eurent pas plus tôt terminé l'exécution de nos chevaux, qu'ils se groupèrent autour de l'arbre où nous étions.

—Oh! là, là, Vincent, me dit Mathurin, oh! là, là, il me semble que je vais tomber dans la gueule de ces affreuses bêtes.

—Dieu! Dieu! Dieu! dis-je. Ce furent les seules paroles que je pus prononcer en ce moment.

—Tenez-vous ferme, nous cria, en cet instant, le
conducteur de la kibitka : tout n'est pas perdu ; peut-
être nous arrivera-t-il quelque secours.

Ces paroles nous rendirent un peu de courage et
nous nous arrangeâmes le mieux que nous pûmes dans
les branches de notre arbre.

—Vrai de vrai, Vincent, si nous échappons cette fois,
nous aurons joliment de la chance.

—Espérons, dis-je, si seulement nous pouvions amuser
ces bêtes jusqu'au jour, afin qu'elles ne tentent pas de
déraciner l'arbre sur lequel nous sommes, nous aurions
bien du bonheur.

—Quoi faire, Vincent, quoi faire ? me dit Mathurin.
Ces bêtes-là ne sont guère amusables ; si encore elles
entendaient le français, j'essayerais de leur dire le
fameux conte de la *Souris verte* et du *Crapeau couleur
de feu* que nous racontait notre mère dans notre enfance,
pour nous endormir. Mais pas moyen.

—Si nous avions seulement un violon, dis-je, on
dit que cet instrument charme les loups.

—Attends, Vincent, attends, me dit tout à coup
Mathurin, j'ai une idée. Puisque tu dis que les loups
aiment la musique, si je leur jouais les plus beaux
airs de mon répertoire sur mes castagnettes.

—Hélas! je ne sais pas si la musique de tes castagnettes leur fera plaisir, en tout cas, nous pouvons
essayer.

—C'est ça, dit Mathurin, essayons.

Aussitôt dit, Brin-d'Avoine tira ses castagnettes de sa poche et commença un roulement des plus nourris.

A ce bruit, nouveau pour eux, les loups furent effrayés sans doute et ils se prirent à courir de tous côtés, à hurler, puis ils revinrent vers l'arbre où nous étions et se mirent enfin à écouter Mathurin qui continuait sa musique. Bientôt les bêtes fauves s'approchèrent davantage du pied de notre arbre, pour examiner, sans doute, la cause du bruit étrange qu'elles entendaient.

—Vincent, Vincent, me dit Mathurin, les loups ont l'air de mordre à la fanfare de mes castagnettes, aide-moi un peu, et peut-être réussirons-nous à les charmer, les gredins.

Je pris mes castagnettes à mon tour, et nous commençâmes un duo qui aurait pu paraître comique sans la position extrême où nous nous trouvions.

Les loups charmés ou surpris, par le tapage que nous faisions, restèrent un instant tranquilles ; puis quelques-uns se mirent à hurler, pendant que la multitude, entraînée par je ne sais quel vertige, se mit à sauter de toutes ses forces dans la direction des branches où nous étions accrochés. Par malheur le vent qui soufflait avec violence courbait de temps en temps le sommet de notre sapin jusqu'au niveau du nez des loups. Alors nous étions saisis d'épouvante et nous arrêtions notre musique ; mais aussitôt tous les loups se mettaient à hurler d'une manière lamentable et à gratter la terre avec fureur.

—Vrai de vrai, Vincent, vaut encore mieux continuer notre musique ; au moins pendant que nous exécutons nos airs, ces mauvaises bêtes ne cherchent pas à déraciner notre arbre, et nous reprenions nos exercices sur les castagnettes, et les loups effectivement cessaient de creuser la terre pour lever un instant le nez en l'air, puis sous l'influence, sans doute, de notre concert, tous se remettaient à sauter et formaient une espèce de danse des plus étranges.

Onze heures durant, nous continuâmes notre musique. Exténués de fatigue et de froid, notre dernière heure allait sonner sans doute, quand notre conducteur de kibitka nous cria :

—Courage, courage, j'entends les grelots de plusieurs équipages et le jour va paraître, nous serons sauvés.

Bientôt, en effet, nous entendîmes les sonnettes des équipages et le fouet des conducteurs. Les loups, aussi, avaient entendu le secours qui nous arrivait. Ils s'arrêtèrent alors, poussèrent un hurlement général et se sauvèrent à toutes pattes, dans la profondeur de la forêt, attendant probablement une occasion plus favorable pour satisfaire leur faim ou pour jouir du charme d'un duo de castagnettes.

Les conducteurs des équipages qui arrivèrent nous félicitèrent d'avoir échappé à la dent des bêtes féroces.

Ils nous prirent avec les débris de notre voiture et nous continuâmes notre route.

Arrivés sur les bords de la Néva, nos nouveaux amis nous laissèrent en nous recommandant à des bateliers, ou plutôt à des conducteurs de trains de bois, qui descendaient le fleuve sur des bois flottés, destinés pour Saint-Pétersbourg. Ces braves gens consentirent à nous prendre avec eux, à condition que nous leur donnerions un coup de main, pour les aider pendant la route.

Nous voilà donc encore une fois changés d'élément ; nous étions de nouveau soumis aux caprices des flots et assujettis à de grandes fatigues.

Nous partîmes le lendemain ; mais hélas ! nous étions loin de nous douter des terribles angoisses qui nous attendaient pendant ce voyage.

Sans autre asile, sur notre île de planches et de madriers, que quelques bottes de paille. Il nous fallait à chaque instant nous élancer dans l'eau jusqu'aux genoux, la perche à la main, pour éviter quelque choc, qui nous serait devenu fatal, ou rattacher quelques pièces de bois sur le point de s'en aller à la dérive. En vérité c'était une rude corvée, d'autant plus que la Néva charriait encore un grand nombre de glaçons d'un volume considérable.

—Vrai de vrai, Vincent, me disait Mathurin, tout bleu de froid, j'aurais presque autant aimé être mangé par les loups.

—C'est dur, Mathurin, c'est dur ; mais le bon Dieu nous aidera et nous en sortirons.

Comme je venais de dire ces mots à Brin-d'Avoine, nos bateliers se mirent à pousser de grands cris en se, jetant tous ; avec leurs perches, à l'une des extrémités de notre radeau. Hélas ! ils arrivèrent trop tard ; le courant, très-rapide en cet endroit, nous lança sur un bloc énorme de glace et aussitôt notre train se disloqua, nos trois bateliers se sauvèrent à la nage, pendant que Mathurin et moi étions jetés sur le glaçon, cause de notre perte.

—Oh ! là là, oh ! là, là, s'écria tout à coup Brin-d'Avoine, qui avait roulé le premier sur le glaçon, que le courant continuait à entraîner

—Quoi ! qu'as-tu encore, m'écriai-je, dès que je pus me reconnaître sur la glace où j'étais également étendu, mouillé comme un canard.

—Oh! ami Vincent, oh ! c'est fini, disait Mathurin en se pressant contre moi.

Je n'eus pas besoin de lui demander la cause de ses cris et de sa frayeur, car j'aperçus moi-même le motif de son désespoir. Sur le même glaçon, à quelques pieds de nous seulement, se tenait accroupi un énorme ours brun, qui nous regardait avec des yeux qui ne voulaient rien dire de bon.

—Faisons notre prière à Dieu, dis-je, car je crois que c'est notre dernière heure, nous ne savons pas nager, par conséquent, nous sommes forcés de nous laisser

manger par cette vilaine bête, n'étant pas assez forts
pour la combattre avec la plus petite chance de succès.

—Ah ! Vincent, ah ! Vincent ; fallait-il traverser tant
de périls et subir tant de misères, pour tomber dans la
gueule d'un ours, sur un glaçon au milieu de la Néva,
ah ! mon Dieu !

—Pourtant, notre compagnon de voyage ne bougeait
pas ; seulement, de temps à autre, il soufflait bien un
peu, mais il se tenait tranquille à sa place, examinant
tous nos mouvements.

La première heure passée, nous reprîmes un peu
de courage, la seconde, la troisième, et enfin toute la
journée s'étant écoulée sans accident et n'ayant amené
aucune hostilité de la part de l'ours, nous commençâmes à espérer. Cependant la nuit fut bien pénible ;
le froid, la présence de la bête féroce et la position
précaire où nous étions, tout cela n'était pas fait pour
nous donner de joyeuses réflexions. Pourtant, le jour
vint sans avoir apporté de changement à notre position ;
les eaux du fleuve nous emportaient rapidement à
travers des campagnes à moitié submergées, sans que
nous pussions savoir où s'arrêterait le glaçon sur lequel
nous étions.

Enfin, le second jour de notre navigation, nous vîmes
des habitations sur le bord de la rivière, puis nous
entendîmes les sons lointains de nombreuses cloches.

—Nous approchons de quelque grande ville, me dit
Mathurin, presque mort de froid et d'inanition ; Dieu

veuille que nous soyons aperçus par quelqu'un.
Bientôt, en effet, nous vîmes des maisons, des palais
et des monuments ; puis des barques et des bateaux de
toute sorte. Enfin, nous fûmes aperçus de la rive, et
alors des milliers d'individus se mirent à courir tout
le long du fleuve en poussant des cris.

Nous approchions d'un pont où probablement nous
aurions péri, lorsqu'une barque, montée par plusieurs
hommes intrépides vint à notre secours. Mais nous
étions tellement épuisés, qu'il fallut que ces hommes
nous détachassent du bloc de glace sur lequel nous
étions. Lorsque nous fûmes entrés dans le bateau, nos
sauveurs nous firent signe, pour nous demander ce que
faisait là l'ours notre compagnon. Nous fîmes signe à
notre tour que nous n'en savions rien, et comme l'on
s'apprêtait à assommer la pauvre bête, nous implorâmes
sa grâce. Les matelots nous rirent au nez d'abord. Pourtant ils passèrent un nœud coulant autour du cou de
l'ours, lequel n'ayant pas fait de résistance, fut emmené
avec nous après avoir été muselé. La foule augmentait
sur notre passage ; nous marchions sans savoir où nous
allions ; lorsque nous crûmes reconnaître un Français
au milieu de la multitude. Nous étant approchés, nous
lui racontâmes notre aventure, et aussitôt cet homme
charitable qui faisait partie de l'ambassade française,
demanda que l'on nous conduisît chez l'ambassadeur,
où nous fûmes accueillis avec la plus grande bonté.

C'est ainsi que nous fîmes notre entrée à Saint-

Pétersbourg, montés sur un glaçon en compagnie d'un
ours, qui aurait bien pu nous manger, si cela lui avait
convenu.

Ils voyagent avec un Ours.

RAIL-WAY

C. Vallet lith.

Imp. Godard.

Une poursuite en Angleterre.

XI

 A Russie est le plus vaste empire du globe. Il s'étend en Europe, en Asie et en Amérique. Sa longueur est de plus de 14,000 kilomètres, sa largeur d'environ 6,000.

La Russie se compose d'un grand nombre de pays et de peuples divers. Le climat, sur cette immense surface, est des plus variés; cependant la zone froide et glaciale y règne le plus communément. La Russie est un des derniers États qui se soient constitués ; pourtant sa puissance a marché à pas de géant. Depuis deux siècles surtout la Russie a pris une importance inouïe. Tout aujourd'hui fait présager le plus glorieux avenir au peuple russe.

Saint-Pétersbourg, capitale actuelle de la Russie, est située sur le fleuve la Néva, presque à son embouchure dans le golfe de Finlande. Cette ville qui ne date que du règne de Pierre Iᵉʳ, qui la fit bâtir vers 1703, a pris une grande importance. Sa population est aujourd'hui d'environ 500,000 âmes. Saint-Pétersbourg renferme quelques beaux monuments, et une foule d'édifices et de ponts remarquables à divers titres.

L'ambassadeur, auquel nous racontâmes notre désir de retourner en France, nous recommanda à un courrier qui nous prit avec lui jusqu'à Moscou, puis jusqu'à Vienne.

Moscou, qui est l'ancienne capitale des tzars russes, a un aspect tout oriental et est considérable. Sa population est de plus de 350,000 âmes. Le Kremlin, ancien palais des souverains moscovites, est remarquable par son étendue et son architecture. L'on voit à Moscou la plus grosse cloche du monde entier ; elle pèse dit-on 165,000 kilogrammes.

Moscou fut occupé, en 1812, par les armées françaises, après la fameuse bataille de la Moskowa. Mais Rostopchin, le gouverneur de la ville, la fit incendier et força, par ce moyen, les armées françaises à évacuer le sol de la Russie.

Vienne est une ville assez laide, située dans un joli pays, sur les bords du Danube. Cette ville est la capitale des États autrichiens; sa population n'est guère, y compris les faubourgs, que de 130,000 âmes environ. La police y est si tracassière, et la noblesse si susceptible qu'il n'est pas étonnant que la capitale d'un aussi grand État que l'Autriche ne soit pas plus peuplée.

Vienne fut assiégée plusieurs fois par les Musulmans. Une fois elle fut sauvée par Sobieski, à la tête d'une armée polonaise; Une autre fois, elle fut secourue par une armée hongroise. Les Français l'épargnèrent deux fois.

L'on se demande quelquefois comment l'Autriche a récompensé ceux qui l'ont sauvée ou épargnée; ouvrez l'histoire, elle se chargera de vous répondre.

La puissance autrichienne est une espèce de machine artificielle qui fonctionne, mais à laquelle il ne faut qu'une secousse pour la détraquer.

Arrivés à Vienne, nous fûmes encore une fois livrés à nous-mêmes et assez malmenés par les gens de la police, qui nous conduisirent jusque sur la frontière prussienne; puis nous arrivâmes à Berlin.

Berlin est une ville toute moderne; elle existait avant Frédéric, dit le Grand, mais elle n'avait aucune importance.

Frédéric, dit le Grand, qui faisait le philosophe, ne connaissait pour loi que ses caprices et sa volonté. Il brisait, écrasait, ou élevait, selon son bon plaisir et les besoins de sa satisfaction, tout ce qui lui portait ombrage; et quoique l'on cite le fameux meunier de

Sans-Souci, qui osa lui résister, il n'est pas moins vrai qu'il n'eut pas fait bon se mettre en travers de sa volonté, s'il se fût agi d'autre chose que d'une bicoque.

Le roi Frédéric voulut avoir une grande capitale, et il fit tirer des rues au cordeau, bâtir des maisons et creuser des égouts à ciel ouvert devant les maisons. Les égouts qui sont toujours dans le même état s'emplirent, mais les maisons restèrent vides en partie.

Alors le magnanime monarque voulut que la population vînt, et qu'il se fît du commerce et des arts dans sa capitale. Pour arriver à ses fins, il fit enlever tous les artistes des villes des pays conquis, il les installa à Berlin, et ils eurent l'ordre de travailler quand même, et de contribuer à illustrer son règne. Mais comme Sa Majesté ne payait guère, ou pour mieux dire, ne payait pas du tout, ce fut à qui travaillerait le moins, et l'on cite même une jeune artiste de talent, qui résista aux volontés du monarque et qui ne travailla pas du tout. Alors le dicton populaire : « Travailler pour le roi de Prusse, » qui signifie chez nous travailler sans recevoir de salaire, prit naissance et est resté ; malgré que, depuis ce temps-là, les successeurs de Frédéric aient payés quelquefois ceux qui travaillent pour eux.

Nous n'eûmes guère à nous louer de l'hospitalité prussienne. Les gens de police, nous ayant rencontrés demandant un morceau de pain, nous arrêtèrent et nous conduisirent en prison.

Comme nous n'avions pas de répondant, le juge qui

nous interrogea nous condamna cette fois à travailler pour le roi de Prusse jusqu'à notre majorité.

Il ne nous convenait guère de balayer les rues de Berlin, pour le compte de Sa Majesté prussienne, d'autant plus qu'une partie de la rétribution que l'on recevait consistait en un nombre illimité de coups de bâton, monnaie peu facile à digérer et qui n'avait pas cours pour se procurer la moindre choucroûte.

Enfin, un brave homme eut pitié de nous, et nous offrit de le suivre en qualité de piqueurs de bœufs jusqu'à Hambourg, où il allait conduire un troupeau.

Hambourg est une cité maritime, située à l'embouchure de l'Elbe, c'est une ville considérable qui fait partie des villes libres de l'Allemagne. Nous acceptâmes, bien entendu, et nous arrivâmes à Hambourg sans accident. Arrivés là, on nous proposa de passer en Angleterre, d'où, nous disait-on, nous pourrions gagner plus facilement la France. Il va sans dire que nous acceptâmes de grand cœur, et quelques jours après, nous étions ancrés dans la Tamise, au milieu de la Cité de Londres.

Londres, située sur la Tamise, est la capitale du royaume uni de la Grande-Bretagne.

C'est une ville immense qui compte plus de 2,000,000 d'habitants.

La ville de Londres possède beaucoup de monuments.

L'activité de son commerce est incroyable ; les richesses qu'elle renferme sont inouïes. Pourtant cette vaste cité ne sera jamais qu'un magasin de transit des productions du monde entier. Jamais il ne prendra fantaisie à un individu quelconque d'aller s'établir à Londres pour son agrément.

La Tamise, qui traverse la ville, semble un fleuve d'encre bourbeuse ; le ciel est un nuage factice de vapeurs nauséabondes et noirâtres. Le soleil ne perce ce lugubre rideau, qui recouvre la capitale de l'Angleterre, qu'à de longs intervalles et comme à regret.

Londres n'est pas une ville, c'est un comptoir, une boutique, une immense pipe, dont le tuyau qui alimente ce monstrueux calumet, se trouve par toute la terre, mais surtout dans les comtés anglais.

Dieu vous garde d'habiter Londres !

Livrés encore une fois à nous-mêmes, nous nous trouvâmes dans les rues de la Cité, juste le jour de la saturnale de Fawk. Cette fête, dite de la Conspiration des poudres, est solennellement célébrée depuis nombre d'années par les Anglais protestants en mémoire de la prétendue conspiration de quelques catholiques qui avait pour objet, dit-on, de faire sauter le parlement et de s'emparer du pouvoir. Comme le jour de notre arrivée il y avait une nombreuse réunion, nous suivîmes la foule et nous arrivâmes en un endroit où tout le monde buvait, mangeait et s'amusait aux dépens de je ne sais qui. Nous voulûmes prendre notre part du festin ; mais hélas ! nous eûmes joliment à nous en repentir. Ayant eu le malheur de dire que nous étions Français et catholiques, nous fûmes entourés aussitôt, hués, battus et poursuivis comme des chiens enragés.

—Vrai de vrai, me disait Mathurin, en se sauvant avec moi ; vrai de vrai, Vincent, qu'est-ce que nous leur avons fait ? Je n'y comprends rien.

Après une assez longue course, ne sachant où nous réfugier, nous entrâmes dans un lieu tout rempli de bruit et de fumée ; poussés, bousculés, nous aperçûmes de grandes voitures, où une foule de gens montaient avec empressement. Nous nous élançâmes dans une de ces voitures, et presque aussitôt un coup de sifflet se fit entendre et nous partîmes avec une célérité incroyable.

—Vrai de vrai, Vincent, me dit Mathurin, jamais je n'ai vu des chevaux galoper aussi fort ; bien sûr ils ont pris le mors aux dents. Est-ce que par hasard il va nous arriver encore un malheur ?

Un monsieur, qui était dans le même compartiment que nous, se mit à rire ; puis il se tourna vers nous et nous dit : « Ne craignez rien, les chevaux sont solides et les voitures aussi, et il n'y a pas à craindre d'accident. Apprenez, si vous l'ignorez, que vous êtes sur un chemin de fer, et que les chevaux sont remplacés par une machine des plus ingénieuses, mue par la vapeur. »

Ayant mis le nez à la portière, ce qui était assez imprudent, je vis, en effet, au moment où le chemin faisait une courbe, l'ingénieux appareil qui nous conduisait.

—C'est vraiment merveilleux, dis-je, du feu et de

la fumée qui entraînent d'énormes voitures, je n'y comprends rien.

—Vous en verrez bien d'autres, pour peu que vous viviez encore cinquante ans, dit le vieux monsieur.

Nous arrivâmes à une station où nous voulûmes descendre, mais là, on nous demanda nos billets ou de l'argent; nous n'avions ni l'un ni l'autre. Alors on nous conduisit devant un magistrat qui nous condamna à un jour de prison. Le surlendemain nous étions de retour à Londres, cherchant par tous les moyens possibles à regagner la France.

Un capitaine hollandais consentit à nous prendre à son bord jusqu'à Amsterdam, à condition que nous lui servions de mousses jusqu'à notre arrivée.

Enlevés sur des ânes.

C.Vallet lith.

Imp. Godard.

Encaqueurs de Harengs.

XII

Arrivés en Hollande, ils sont encaqueurs de harengs saurs. — Ils vont à Bruxelles en patinant sur la glace. — Ils montent sur des ânes et sont enlevés par un ballon à une hauteur considérable.

A Hollande est un singulier pays. La plupart des villes et des villages se trouvent plus bas que les eaux de la mer à marée haute. Il a fallu bien des années et bien des travaux pour rendre ce pays habitable; et pourtant, malgré les digues et tous les soins du peuple hollandais pour combattre la mer, il est arrivé plusieurs fois déjà que les flots, pendant la tempête, ont renversé les remparts qui leur étaient opposés, et une partie de la Hollande a été submergée.

Cette catastrophe peut se renouveler à chaque instant,

et cependant les Hollandais dorment aussi tranquilles chez eux que s'ils étaient des poissons.

La Hollande est le pays de la patience, des fromages et des harengs fumés.

Amsterdam, située sur l'Amstel, sur le golfe de l'Y, est une ville aquatique. Les grenouilles n'auraient pas mieux choisi pour établir la capitale de leur empire. La ville est bâtie sur pilotis; elle est sillonnée par un grand nombre de canaux qui la partagent en quatre-vingt-dix îles unies par deux cent quatre-vingts ponts. Sa population est d'environ 215,000 âmes. Son commerce est encore considérable, quoiqu'il soit bien déchu de son ancienne splendeur.

Amsterdam possède quelques beaux monuments.

Arrivés à Amsterdam, n'ayant aucun moyen de subsistance, nous acceptâmes la place d'encaqueurs de harengs saurs; mais, dégoûtés bientôt de cet état, nous passâmes en Belgique et nous arrivâmes à Bruxelles après avoir fait une partie du chemin en patinant sur les canaux que la gelée avait rendus solides; manière de voyager usitée en Hollande.

Bruxelles, aujourd'hui capitale du royaume de Belgique, est une assez belle ville; sa population est d'environ 130,000 habitants. La ville est entrecoupée de montées assez peu amusantes. Malgré cela elle est agréable et l'on y trouve bon nombre de beaux monuments.

Un spéculateur belge qui nous rencontra lors de notre arrivée à Bruxelles, jugeant à notre dénûment que nous étions sans ressource, vint nous proposer de prendre part à ce qu'il appelait ses petites opérations. D'abord il était entrepreneur de fêtes publiques, et il nous offrit de nous donner une certaine somme d'argent, à condition que nous consentirions à monter chacun sur le dos d'un âne, suspendu sous un ballon qui devait nous enlever à 2,000 pieds de hauteur.

—Hum! hum! dis-je en entendant la proposition. Nous avons couru bien des dangers dont nous sommes sortis à peu près sains et saufs, moins une oreille et un morceau d'une autre chose qui se trouve à l'extrémité des reins. Mais je crois qu'il y aurait folie à braver un nouveau péril de gaieté de cœur.

—Oui, mais, dit le spéculateur belge, c'est bien différent. Les dangers que vous avez courus ne vous rapportaient rien, au lieu qu'aujourd'hui je vous propose une bonne somme d'argent qui vous mettra à même de faire quelques affaires pour votre compte.

—Non, non, pas d'entreprise, dit Brin-d'Avoine, mais qui nous faciliterait bien le moyen de rentrer au pays.

—Oui, dis-je en hochant la tête, et si nous nous brisons les os!

—Pas de danger! dit le spéculateur belge, et puis, dans tous les cas, si vous voulez je vais vous assurer.

—Ah! dit Mathurin, si vous nous assurez contre une chute, Vincent n'a plus rien à objecter et moi j'en suis d'autant mieux.

—Je ne dis pas que je vous assure contre une chute;

je fais mieux que cela. Pour une petite somme d'argent, j'assure votre existence contre les chances mauvaises qui pourraient survenir, et au moins si vous mourez vous pourez vous dire à votre dernière heure que vos héritiers auront vingt fois la somme que vous aurez payée pour vous assurer.

—Ah! dis-je, vous assurez alors nos héritiers plus que nous.

—Enfin, Vincent, ça m'est égal; si tu veux, risquons le paquet, et si nous réussissons, eh bien! vrai de vrai, nous partirons pour le pays. Je commence à en avoir assez de l'existence que nous menons depuis quatre ans.

—Allons, est-ce convenu, mes amis?

—Oui, dis-je, nous tenterons cette chance de nous rapprocher plus vite de nos chers parents.

—Alors je vous assure?

—Inutile, dit Mathurin, Dieu seul peut nous venir en aide en cette circonstance.

—Comme vous voudrez, dit le spéculateur belge; mais pas moins vrai que vous auriez raison de vous assurer.

—N'en parlons plus, dit Mathurin, et préparez-nous nos ânes et notre argent.

Quelques jours après nous montions sur nos quadrupèdes et étions enlevés par un ballon à une hauteur considérable.

—Tenons-nous bien, Vincent, me dit Mathurin; si nous retombons sans avaries sur le plancher du compa-

gnon de saint Antoine, vrai de vrai, demain nous partirons pour retourner chez nous.

Notre ascension réussit à merveille ; nous redescen-
dîmes sans le moindre accident. Mais lorsqu'il fallut nous
faire payer, notre entrepreneur se cacha si bien qu'il
nous fut impossible de le rencontrer.

—Gaston, ne te fie jamais aux spéculateurs en général et aux entrepreneurs belges de toutes sortes.... en
particulier.

Furieux d'avoir été trompés, nous partîmes à pied
pour Paris, où nous arrivâmes au bout de dix jours.

XIII

Ils arrivent à Paris.—Ils vont voir le théâtre de M. Guignol aux Champs-Élysées.
—Une payse refuse de les reconnaître, prétextant qu'ils n'ont qu'une oreille.—
Le retour au pays.—Ils retournent à l'école du père Frigoleau et font une fin.

ARIS! Paris! dit l'oncle Vincent, voilà une ville digne d'être la capitale du monde entier.

Paris est aujourd'hui une des plus grandes cités du monde et l'une des plus populeuses. Actuellement surtout que l'enceinte de la capitale a été repoussée jusqu'aux fortifications, édifiées sous Louis-Philippe après 1840.

Aujourd'hui Paris a plus de 38 kilomètres de tour. Sa population est de plus de 1,600,000 âmes, sans compter 2 ou 300 mille âmes de voyageurs et de population flottante, qui entrent et sortent chaque jour.

Reniés par la Payse.

C. Vallet lith.   Imp. Godard.

Rentrés à l'Ecole du père Frigoleau.

Depuis quelques années surtout, la ville de Paris a pris un aspect et une importance extraordinaires. Ses rues ont été élargies ; d'autres ont été percées à travers les anciens quartiers. Des squares ont été livrés au public ; de nombreuses plantations ont embelli une quantité de places où il n'y avait point d'arbres. Le Louvre, ce vaste palais qui contient la plus nombreuse et la plus riche collection de tout ce que les arts ont pu produire de plus admirable, a été terminé. Les Halles centrales, bâties sur des plans et dans des conditions inusitées jusque-là, ont en partie été livrées au commerce. Les anciens boulevards ont été replantés d'arbres ou embellis, et de nouveaux boulevards percés au centre même de Paris. Des églises, des temples, des monuments ont été élevés en grand nombre ; et on peut le dire sans crainte de se tromper, rien n'égale aujourd'hui la magnificence de certains quartiers, et l'étranger qui a visité la capitale de la France, il y a vingt-cinq ou trente ans, ne la reconnaîtrait plus aujourd'hui.

Dès notre arrivée à Paris, nous allâmes visiter les Champs-Élysées, où nous avisâmes un endroit où se trouvait un groupe de militaires et de bonnes en tablier blanc, avec beaucoup d'enfants qui riaient de tout leur cœur autour d'une baraque.

—Vincent, me dit Brin-d'Avoine, attention, n'entrons pas là, ça doit encore coûter quelques pièces de monnaie.

—Pour ça, non, dit un militaire, ici c'est le théâtre de M. Guignol où tout le monde rit gratis.

—Si c'est gratis, dit Mathurin, ça nous va ; allons sur
le devant alors.

Comme nous nous avancions sur la pointe du pied,
une grosse nourrice devant laquelle nous étions, se ré-
cria bien fort en disant :

—Dites donc, dites donc, vous autres, mauvais pis-
tolets, savez-vous que j'ai payé ma place, moi.

—Vincent, me dit Mathurin, attention ; reculons-
nous, il y a encore quelque piége là-dessous.

En cherchant à sortir de la foule, Brin-d'Avoine se
trouva nez à nez avec la grosse nourrice.

—Tiens, tiens, dit-il, c'est la grosse Tapotte, la fille à
Jocasse ; vrai de vrai, voilà une fameuse rencontre.

—De quoi, de quoi, dit la nourrice ; je ne m'appelle
pas Tapotte d'abord, mon nom est Aspasie, et puis je ne
vous connais pas, moi.

—Comment, Tapotte, tu ne reconnais pas le petit fieu
à la Brin-d'Avoine et puis Vincent.

La nourrice nous examina un instant, puis dit tout de
suite :

—Je ne vous connais pas du tout. D'abord ceux
que vous nommez là avaient deux oreilles, et vous, vous
n'en avez plus qu'une chacun.

Nous portâmes la main à notre tête ; nous avions oublié que les sauvages nous avaient forcés à nous entre-
manger chacun une oreille et encore quelque chose.
Nous n'en demandâmes pas davantage, nous prîmes au
plus vite le large.

Après avoir erré pendant plusieurs jours dans Paris, nous voulûmes enfin revoir notre village et nous partîmes ; quelques jours après nous apercevions les premières maisons du pays où nous avions laissé nos parents.

C'était un dimanche matin, les cloches sonnaient à toutes volées, la campagne était déserte, les travaux champêtres étaient remis au lendemain. Comme des gens fautifs, nous n'approchions de notre village qu'avec une grande lenteur, malgré que nos cœurs battissent à nous rompre la poitrine. Notre crainte était que l'on nous reconnût, et pourtant nous aurions voulu pour tout au monde que quelqu'un nous nommât par notre nom.

Entrés dans la principale rue du village, les chiens seuls nous accueillirent par des aboiements prolongés ou par des hurlements plaintifs ; puis les femmes sortirent sur le pas de leur porte et nous regardèrent d'un air effaré ; il est vrai que notre tournure et nos habits déguenillés ne plaidaient pas en notre faveur, et puis près de cinq années de voyages dans toutes les parties du monde nous avaient basané la peau et rendu méconnaissables, sans compter nos oreilles de moins, etc.

Bientôt les polissons de l'endroit se rassemblèrent avec les chiens. Puis peu à peu, petits drôles et chiens se mirent après nous et firent chorus.

—Hélas ! hélas ! me disait tout bas Mathurin, à quoi donc que nous ressemblons, que les bêtes et les gens nous accueillent si mal.

J'étais bien incapable de répondre à mon camarade,

j'étais oppressé, anéanti. Mes jambes fléchissaient sous moi, mes yeux se troublaient. Lorsque nous arrivâmes à l'encoignure d'une rue, là je m'arrêtai tout court et j'eus à peine le temps de dire à Mathurin : —C'est fini, je me meurs ; et je m'affaissai.

Brin-d'Avoine, au lieu de me secourir, se prit à s'arracher les cheveux en poussant des cris lamentables.

Bientôt nous fûmes entourés par une foule de gens qui nous regardaient en poussant des cris, sans tenter de faire quelque chose.

Les uns disaient : —Quoi? Qu'est-ce?—Que veulent ces deux malendrins tout déguenillés? Ce sont sans doute des voleurs.—Non, non, disait un garde-moulin, ce sont plutôt des incendiaires ou bien des échappés de prison.

—Faut les arrêter, disaient les uns.—Faut leur en donner une volée, disaient les autres.—Non, non, faut les pendre, disaient les plus méchants. Puis les chiens hurlaient, les chats miaulaient, les ânes brayaient ; c'était un concert à effrayer les plus hardis soudards.

—Ah! mon Dieu! ah! mon Dieu! disait toujours Mathurin. Ah! mon Dieu! dire qu'il est mort en arrivant. Puis il s'écriait : Vincent! ah! Vincent! reviens à toi, va, nous ne nous sauverons plus jamais. Vrai de vrai.

Tout à coup une femme fendit la foule, jeta un regard sur moi qui étais resté étendu sur la terre humide et se précipita aussitôt sur mon corps en s'écriant : —Vincent!

mon pauvre enfant! est-ce bien toi que je retrouve? Ah! mon Dieu! dans quel triste état.

Puis un homme, chargé de balais, sortit de la foule à son tour et s'approcha de Mathurin en s'écriant :

—Ah! sapristi! Ah! jour de Dieu! sur ma part du paradis, c'est ce coquin de Mathurin que sa mère a tant pleuré. Ah! chenapan, comme je vas te regraisser les côtes pour t'apprendre l'obéissance.

Brin-d'Avoine, qui avait reconnu son père, se jeta dans ses bras en s'écriant : —Père, battez-moi, je l'ai mérité, mais, vrai de vrai, je ne vous désobéirai plus.

Le père Brin-d'Avoine, malgré qu'il eût l'écorce dure, avait un cœur tout comme un autre et il ne put s'empêcher d'embrasser son garçon.

J'étais revenu à moi, et je pleurais à chaudes larmes en embrassant ma mère, lorsque mon père accourut pour voir ce qui causait le tumulte qu'il entendait; dès qu'il me vit, il me prit dans ses bras en pleurant et oublia les justes griefs qu'il avait contre moi.

Je fus transporté sous le toit paternel, où je reçus tous les soins que réclamait mon état, pendant que le père Brin-d'Avoine emmenait Mathurin vers sa mère, qui pensa mourir de saisissement en le revoyant.

Au bout de quelques jours, la réconciliation la plus parfaite avait eu lieu, et nos parents, intéressés par les misères que nous avions eues à subir et par les événements extraordinaires que nous leur racontions, oubliaient que nous avions été ingrats et désobéissants.

—Ils ont été trop punis, disait ma mère à la mère de Mathurin, qui était venue nous voir avec mon compagnon d'infortunes. Bien sûr qu'ils sont corrigés à jamais.

—Vrai de vrai, disait Mathurin, sans compter l'oreille qui nous manque et autre chose encore, nous avons été trop éprouvés pour ne pas reconnaître qu'il faut sans cesse écouter les conseils de ses parents.

—Oui, disait mon père, mais le temps perdu ne se rattrape jamais. Comment ferez-vous maintenant que vous voilà grands et forts pour vous soumettre avec application aux exigences de l'étude? Pourtant vous ne pouvez rester ignorants.

—Non, non, dis-je à mon père, je connais trop maintenant le prix de la science pour perdre une seule minute. Je ne demande qu'une chose, c'est d'aller à l'école.

—Et moi aussi, dit Mathurin.

Quelques jours après, nous étions réintégrés dans la classe du père Frigoleau, qui voulut bien nous recevoir au nombre de ses élèves. C'était vraiment quelque chose de drôle que de nous voir, Mathurin et moi, qui étions grands et forts et qui commencions à avoir de la barbe, assis à la même table que des enfants de cinq à six ans. Ou bien quelquefois mis en pénitence avec le bonnet d'âne pour ne pas avoir travaillé avec assez d'ardeur. Pourtant il arrivait de temps à autre que le père Frigoleau, curieux de sa nature, nous faisait raconter nos aventures et oubliait les élèves et les leçons. C'est ce qui fait que malgré plus d'une année de soins et d'efforts, nous ne pûmes jamais apprendre grand'chose, et c'est pourquoi aujourd'hui je te répète un vieux proverbe bien vrai : « C'est que le temps perdu ne se rattrape jamais. »

TABLE DES MATIÈRES

AMABLE RIGAUD

EDITEUR

50 Rue St Anne